運命の八分休符

連城三紀彦

困ったひとを見掛けると放ってはおけない心優しき落ちこぼれ青年・軍平は、お人好しな性格が災いしてか度々事件にまきこまれては、素人探偵として奔走する羽目に。殺人の容疑をかけられたモデルを救うため鉄壁のアリバイ崩しに挑む表題作をはじめ、奇妙な誤認誘拐を発端に苦い結末を迎える「邪悪な羊」、数ある著者の短編のなかでもひときわ印象深い名品「観客はただ一人」など五人の女性をめぐる五つの事件を収める。軽やかな筆致で心情の機微を巧みにうかびあがらせ、隠れた傑作と名高い連作推理短編集。

運命の八分休符

連 城 三 紀 彦

創元推理文庫

THE EIGHTH REST OF FATE

by

Mikihiko Renjo

1983

目次

運命の八分休符

運命の八分休符

〈装子〉

ドアにそのノックが聞こえたとき、サリはちょうど唇の半分に口紅を塗り終えたところだった。

午後から、ひとりきりのマンションで時間をもて余し、なんとなく料理を始め、その中途でふと気が変わり、鏡台の前に座った。ヴォーグにのっていたリリ・ラスキーヌの新しい化粧法をまねてみたくなったのだった――そう、あの眉の撥ね方のほうが、まもなくファッション界に一大センセーションをまきおこそうとしているトップモデルにふさわしいわ。

日に十数回も服を着替えるあわただしい仕事に似合って、サリの気も転々とかわる。

そんなサリの気まぐれに、呆れ果て、吐息でもつくように、台所では細火にかけられた鍋が湯気と肉の匂いをふき始めていた。パリへ行くたび、モデル仲間のジルが御馳走してくれるポトフーという家庭料理である。

ドアのノックは少し奇妙だった。

あわただしく四度、続いてまた四度――

(誰かしら、こんな時刻に……)

鏡台を離れ、ちょっとためらってから、入口のドアをあけてみる。マンションの廊下に、西陽を逆光に浴びて、影が立っていた。

その影は、サリを押しのけるように入ってくると、ドアのノブに後ろ手で錠をおろした。

「どうしたのよ、突然──」

サリの目は大きく見開かれた。こんな場所にいるはずのない人物が、突如、目の前に現われた驚愕(きょうがく)だった。

なにか嫌な予感が頭をかすめたが、それがはっきり形になる前に、影はその手を、彼女の首にまわしていた。

──首だけはやめて。

思わず、そんなことを叫ぼうとした。

──首だけはイヤ。この首はニューヨーク・タイムズで、東洋の奇跡と絶讃されたものヨ。

だが叫びを声にする余裕はなかった。

わずかの抵抗もできない。百七十センチ、三十二キロという異常な痩身(そうしん)は、日本中の女性にため息をつかせ、彼女をファッション界のトップの座におしあげてくれた最高の武器だったが、犯人の力から生命を守る武器にはなってくれなかった。

七秒後には床に倒れ、意識が闇にとけこむのを感じながら、犯人が吹いている口笛を聞いていた。

ミミミド──　レレレシ──

——ああそうだ、〝運命〟だったんだわ、あのドアのノックの音は……四度、続いて四度……でも何故、彼は突然ここに現われたんだろう……なぜ突然、襲いかかってきたのだろう……なぜ、私、死んでいくのだろう。


その夜、同じベートーヴェンの交響曲第五番は、別の場所でも聞かれた。

東京から、六百キロ離れた、大阪、その日生球場——

午後七時には、球場は溢れるほどの人で埋っていた。とはいえナイターの始まる気配とは少し違う。観客のほとんどは女性であり、グラウンドの真ん中に、透明な、ガラスの城が聳えたっている。

午後七時半——きっかり。

それまで初夏の澄み渡った夜に、光の煙をわきあがらせていた照明がいっせいに消えた。女たちの騒音が広大な闇にのみこまれ、
ミミミド——　レレレシ——

突如、地鳴りを想わせる音で、その曲は始まった。闇が巨大な塊となり、凄まじい音とともに天空に砕け散った。

音だけではない。光の塊が浮かび、と思うと惑星が大爆発を起こしたように、無数の原色となって飛び散った。

〝運命〟の第一楽章は、八分音符が無数につながり、波となってうねりまわる曲だが、鮮烈な

色彩が、それにあわせて舞い狂い、——突然、また闇。

と思うとグラウンドの中央に、下方からライトがあたる。そのライトの動きで、ガラスの城が地の底からわきあがったように、虚空へとそそり立った。

もう都会のド真ん中の球場ではなく、そこは古代ギリシャの円形劇場にかわっている。

光の城の一カ所に黒い炎が燃えあがった——と見えたのは、黒い衣裳で全身を覆いつくした女である。十二単衣のように何重にも黒いレースを纏った姿は、巨大な揚羽蝶を思わせた。

実際、羽を広げた蝶のように両袖をひらくと、音楽にあわせて舞い始めた。その羽がパタパタ翻る背後から、また一羽の蝶が踊りだす。

デザインはちがうが、衣裳は同じ漆黒——時代がかった大がかりな髪型やメーキャップも黒一色。マスカラ、口紅、そして耳飾り、腕輪などの装飾品まで、黒はガラスの乱反射を浴びて、どんな原色もかなわぬ光沢を放つ。

黒い蝶たちは、みるみる数をふやし、あっというまに城を埋めつくした。闇に隠れた暗い蜜を探しもとめて、蝶たちは軽やかな、だがどこか悲愴な影と重なりあって舞い狂う。スポットがいり乱れる。廃墟に古代の月光が蘇り、化石の蝶たちが幻の命をふき返して踊っているようだった。

（八十×年、鎖された時代への葬送）

この珍奇なファッションショーには、そんな副題がついていた。

音楽は、瞬くまに後半を迎え、舞台は夜空にうつった。

四機のヘリコプターが運んできた巨大な網を上空に放った。

夜光塗装を施したその巨大な網は、上空の風力に煽られ、大都会の夜に、オーロラのようにさまざまな光の模様を織りながら、ゆっくり降りてくる。

球場の真上で大きく波うち、蝶の大群をのみこんだ。蜘蛛の巣にかかったように悶えだした蝶をライトが舐めまわす。

音楽のクライマックスが爆発音となって、突然また闇――次の瞬間、ガラスの城が火を噴いた。ガラスではなかったのか、それは一瞬、荘厳ともいえる炎と黒煙を天空に舞いあがらせると、城ごと崩れた。

炎の残影が、まだ闇を赤く染める中に、
ミミミド――　レレレシ――

〝運命〟のモチーフがもう一度、奏でられ、それをファンファーレがわりに、上空に一機のヘリコプターが現われた。グラウンドの中央にゆっくり降りたったその中から、一人の男が姿を見せた。

「レイジ！」

闇の中で女たちの絶叫が反響する。

一点のライトに浮かびあがり、長身を黒のタキシードに包み、黒の蝶ネクタイとサングラスをつけた姿は、異次元からの使者のように見えた。

拍手と歓声がわきおこる。

その喝采に、一度Vサインで答えただけで、男はまた機上の人となり、やがて轟音が夜空に溶けこむと、照明灯がいっせいに点った。

グラウンドからはいつのまにか、蝶も、蜘蛛の巣も、城の残骸も消え果て、そこはいつもと変わりない、ただの球場である。今までの八分間がすべて束の間の幻想だったというように、わずかな余韻も残さず、消えはてたあとには、芝生が妙に現実的な緑色で、ただ寂寞と広がっていた。

1

「軍平クン? よかった、いてくれたの。ネ、急用なの。死にかけてるんじゃなかったら、すぐ来て。いつものニッキーって喫茶店――あ、それから、私、装子」

返事も聞かず、相手は電話をきった。

軍平、あわてて、センベイ蒲団をはねのけて起きあがる。

四時近いこんな時刻に寝ていたのは、ただなにもすることがなかったからで、病気で死にかけていたわけではないから、逢いにいかねばならない。

すりきれた茶色のジャンパーをはおって部屋を飛びだす。

廊下で管理人のおばさんとすれちがった。

「あら、田沢さん、どこへ行くの」

「はあ、ちょっと」

とごまかして、アパートの階段をギシギシ降りた。

——波木装子に逢いにいくんです。

そう答えても信じるはずがない。

波木装子。二十五歳。日本ファッション界の売れっ子モデル。男優や画家、野球選手との華麗なスキャンダル。細いが、どこか柔らかみのある体の線。

軍平自身が信じられない。黒い大きな瞳に似合う少女のような声を、軍平もまだつい二カ月前までテレビでしか聞いたことがなかった。

大学を出て三年、定職にもつかずぶらぶらしている軍平に、二カ月前「悪いがガードマンをやってくれないか」カメラマンをしている友人が紹介してくれたのが波木装子だった。マスコミでも売れている装子は当時、脅迫電話に悩まされていたのである。軍平は大学時代に空手をやっていたので、ガードマンという仕事に適任ではあった。

「お前なら波木装子とホテルに入っても週刊誌が騒ぐ心配ないからな」

友人は、どんぐり目にチョコンと眼鏡をかけた軍平をシゲシゲ見ながら言った。

初めて装子にひきあわされたとき、悪戯(いたずら)電話の一件はすでに解決していたのだが、装子は軍平を雇(やと)ってくれた。装子を一目見た瞬間首のつけ根までまっ赤に染まった軍平が気にいったらしい。

「私に会って愛想笑いしなかったの、あなたが初めてだわ」
雇われたといっても時々電話をかけてきて、食事や酒に二三時間、つきあわされるだけである。金に埋もれ、軍平の一年分の生活費にあたるドレスを毎日とりかえ、散歩にニューヨークへ出かけるといった生活をしている装子は、軍平の薄い髪や、バーゲン品のシャツや穴のあいた靴や、つまり軍平の見すぼらしさを息ぬきに楽しんでいるように見えた。

軍平の方は、野暮というか無骨というか、まるで青田の案山子、間ぬけて鯱ほこばり、すぐ傍の装子をいつも遠い距離から眺めていた。いや眼鏡の下で、大抵の場合、視線は外されている。自分が見つめるだけで、装子の美しさを冒瀆する気がした。一目見たその時に軍平の恋の花は散っていた。轢き殺される直前に、運転席の美女に一目惚れしたような、悲しい一瞬の恋物語だった。軍平、電話が掛ってくるたびにもう逢いにいくのはやめようと思うのだが、気持とは無関係に体が動いてしまう。三カ月の契約だし、報酬はもう前金で貰ってしまっているのだから、というのが装子に逢いにでかける唯一の弁解だった。

アパートの裏手に放りだしてある赤バイクに跳びのり、エンジンを吹かし、勢いよく、とび出す——といっても勢いよかったのは意志だけで、ペンキの剝げた中古バイクは、動き出す前から息ぎれしそうな音をたてた。

それでも十五分後、軍平は、そのニッキーというディズニーランドにでもありそうな童話風の喫茶店に到着。準備中と記されたドアから、こわごわ顔を覗かせた。

カウンターの中で、週刊誌を読んでいたマスターがひょいと顔をあげた。

「王子様の御到着だ。けど舞踏会は五時までにしてほしいな。五時にはまた店を開けたいから」

装子がいつも待ち合わせに使うので、軍平、海賊船のキャプテンに似たあふれるほどの顎ヒゲのマスターとも、もう顔馴染(なじみ)である。スカウトされる前、装子はこの店でウェイトレスをしていたという。マスターも装子を可愛がっていて装子が来てる間は店に誰も客を入れない。

装子はいちばん奥の席に座っていた。黄色い薔薇(ばら)の花のようなイヴニングドレスをまとい、毎度のことながら、軍平、その美しさに妙にしんみり悲しさをおぼえた。

「軍平クン、初仕事よ、私を救けて!」

軍平が丁寧(ていねい)に、両膝を揃えて座ると、装子は挨拶ぬきでそうきりだした。

「信じられる? 私、今、殺人事件の容疑者のひとりなんですって」

素晴らしいニュースでも告げるような笑顔で装子は言った。軍平、驚いて、

「殺人事件って、いったいいなんの」

「三日前、白都サリってトップモデルが殺された事件知ってるでしょ。新聞でも大騒ぎしたから」

装子はそう言ってバッグから新聞の切り抜きをとりだした。

——人気モデル白都サリ　絞殺　自宅の浜松町マンションで
という大見出しに軍平も記憶があった。

「いったいどんな容疑がかかってるんですか」

「私とサリ、デビュー当時からずっとライヴァルだったのよ。トップの座を奪いあってるなん

て騒がれて。ところがこの春、サリがファッション界の大御所マグ・カートンにひきぬかれるという噂が出たの。事実、正式契約も間近だったらしいわ。サリ、来週パリに行くことになってたらしいから。マグのマヌカンになればモデルとしては最高の出世。私がその出世を嫉んだんだって。信じられる？　そんな安っぽいこと」

「誰も信じやしないさ」

マスターが、軍平の気持を答えてくれた。

「でも警察は信じてるわ。もっとも私も悪かったの。殺される前の晩、パーティで私、サリをひっぱたいてしまったの。羨ましいでしょと言わんばかりに、マグ・カートンの名をチラチラ出すから。私、サリなんかに自分が同程度だと思われるのがイヤだっただけ。私の方は冷静だったし、微笑んでたぐらいだけど」

装子は、その時のことを思い出したように微笑を重ねた。こんな美しい微笑を信じない警察が信じられなかった。

「それでどうすれば容疑を晴らせそうなんですか」

「もうひとり重要容疑者がいるの。本命はそちらの方なんだけど——ただ私の方にはアリバイがないけど、彼の方にはあるの。そのアリバイを崩してもらいたいの。彼ってレイジだけど……」

「レイジって、井縫レイジ？」

井縫レイジ。今世界中のファッション関係者と日本中の若い女性が、熱っぽい眼差しを注いでいる新進デザイナーである。若さ、才能、美貌——三拍子そろっているうえに、マスコミへの売り込み方がうまい。コンコルド機内や、砂漠のド真ん中、シャンゼリゼの路上、南洋海上、と意表をついた場所でひらくショーはその都度、マスコミの話題をさらった。まず本場のパリで名をあげ、二年前に日本に進出。大衆服の販売にものりだし、あっというまに日本中の都市にチェーン店をもつほどの事業家にもなった。

「その井縫レイジにも動機があるんですか」

「知らないの？　レイジとサリの関係。女性週刊誌は春から大騒ぎしてんのよ」

「ほら、ここにも出てるよ」

　マスターが読んでいた週刊誌の頁を広げて見せた。

「サリにレイジを捨てさせたマグ・カートン七十二歳の魅力——か。オナシスもまっ蒼ってとこだな」

　井縫レイジと白都サリが頰をすり寄せて笑っている写真がのっている。女性週刊誌に興味のない軍平は知らなかったが、殺されたサリは二年前からレイジの専属モデルをしており、去年のクリスマスに二人は婚約したという。その写真は婚約中のものらしいのだが、その婚約を今年の四月、サリの方で一方的に破棄したらしい。さっき装子が話した、マグ・カートンにひきぬかれた話が原因だった。

「この週刊誌にも書いてあると思うけど、サリが生涯独身を通してきたマグ・カートンの夫人の座につくのも時間の問題だって。レイジにとっては最高の裏切り行為よ。傲慢でいつもヒーローでいたがるレイジがそんな最大の屈辱を黙って見守ってるはずがないわ。私はひっぱたいただけだけれど、レイジならそれだけでは済ませられなかったでしょうね。いえ、犯人は絶対レイジよ。警察でも動機の点では私なんかよりずっと彼の方を疑ってるわ」

「ただアリバイがあるわけですね」

「ええ、レイジはその時刻、大阪にいたというんだけど——レイジが東京・大阪間を往復するには二分足りないんですって」

「二分——たった二分ですか」

「ええ、だから怪しいんだけど、その二分が鉄壁なんですって。私もよく知らないから、これから一緒に調べようと思ってるんだけど」

「調べるというと、どうやって」

すぐには答えず、しばらくじっと軍平の顔を見つめていた装子は、

「私、昨日から何も食べてなかったんだわ」

突然、言った。

「軍平クンの顔見てたら、お腹すいてきた。マスター、いつもの店からラーメン取って。軍平クンも食べる？　そう、じゃあ一つだけ」

自分の存在は、この美女の食欲増進剤か——そんなことを思いながら、軍平、マスターがカウンターごしに電話機に手を伸ばすのを見た。

その指の動きをなに気なく見守っていた軍平、オヤと眼鏡の下の目を寄せた。

だが軍平がもっと驚いたのは、しばらくして、突然パトカーのサイレンが表通りに響き渡ったときである。

同時に、

「お待ちどお」

威勢のいい声でドアを突き破るようにラーメン屋がとびこんできた。

「どうかしたの」

寝呆けたようにキョトンとラーメン屋の顔を見ている軍平に、装子は尋ねた。

「いえ、あのう、なんでも……」

「そう。それなら軍平クン、私がラーメン食べてるうちに、これに着替えて。靴もベルトも入ってるわ」

装子は持っていた大きな紙袋を軍平に渡した。中から出てきたのは純白のタキシードである。

「どこへ、行くんですか」

「パーティよ。レイジは今、全国の球場を舞台に〝黒のロマン〟と命名したファッションショーを開いてるの。その第一弾を、事件当日、大阪の日生球場で開いたの。それが彼のアリバイにもちょっと関係あるんだけど――そのショーの第二弾を明日の晩、後楽園で開くの。今夜のパーティはその前夜祭ってわけ。レイジも、それから彼のアリバイの証人も、みんな集まるはずよ。二人で乗りこみましょ。――私、レイジとデビュー当時噂があったほどだから、彼のことよく知ってるの」

片隅のボックスで、雇い主の命令どおり、軍平はそのタキシードに着替えた。ピカピカのエナメル靴をはき終えると同時に、装子もラーメンを食べ終えた。

上衣はピッタリだが、ズボンが長すぎて床をひきずる。

「軍平クンの脚、もう少し長いと思ってたんだけど——いいわ、マスター、鋏(はさみ)かして」

マスターがさし出した鋏を受けとると、

「ちょっとじっとしてて」

かがみこんで軍平のズボンの裾(すそ)をザクザク切り始めた。

靴の踵(かかと)は出たが、今度は短くなりすぎた。

「軍平クンの脚って長いのか短いのかわからないのね。仕方ないわ。これで我慢して」

「はあ、でも……」

短いだけでなく切れ目は鋸(のこぎり)の歯が欠けたようになっている。

「恥ずかしい?」

「はあ、やっぱり……」

「そう、じゃあ」

と言うと、装子は今度は自分のイヴニングドレスの裾を惜しげもなく切りはじめた。細い美しい脚が覗いたが、切れ目はギザギザである。百万円の札束を破り棄てたようなものである。

「これで同じでしょ?」

装子はいたずらっぽく微笑んで言った。

2

軍平のバイクは店に預け、装子の純白のMGBで、パーティ会場の帝都ホテルへ向かった。白のオープンカーと、白のタキシード——助手席で小さくなりながら、軍平は新聞記事に目を通した。

事件自体は簡単なものである。

白都サリの絞殺死体が自宅の浜松町のマンションで発見されたのは三日前の深夜、零時少し前である。発見者は隣室の画家と管理人の主婦——サリの部屋で破裂音が聞こえたのである。死体は玄関から続く台所の中央に倒れていた。破裂音は、ガス台にかけられていた鍋が水気を失って焦げついたためで、料理中に殺害されたと想像される。

凶器はありふれたナイロン・ストッキング。死亡推定時刻はその日の午後四時から六時頃まで。犯人は指紋その他の痕跡(こんせき)はなに一つ残しておらず、犯行時刻ごろサリの部屋に出入りした犯人らしい人物を目撃した者もいない。

サリの笑顔が大きく載っている。たしかに美貌だが、装子とちがい、その微笑には人工的な冷たさがある。

「それで、井縫のアリバイというのは?」

「そのことなんだけど」

と言って、装子は説明を始めた。

井縫レイジは、大阪日生球場で開く〝黒のロマン〟第一弾のために、その三日前から大阪に行っていた。

ショーの当日、つまり事件当日は三時まで球場でリハーサルの仕上げをし、三時半梅田にある自分の店に顔を出した。

ちょっと寄っただけで、すぐに店を出、それから三時間半後、正確に言えば午後七時十五分きっかりに大阪空港からヘリコプターにのりこむまで、誰も大阪市内で彼の姿を見た者はいない。

井縫はそのヘリコプターに乗り、球場でのショーが終った七時四十分頃、グラウンドのド真ん中に降り立ち、二万人の女性観客に挨拶したという。

ヘリコプターの操縦士は、彼が乗りこんできた時刻はまちがいなく七時十五分だったと証言している。

「梅田の店には何分ぐらいいたんですか」

「五六分って聞いたけど」

「すると三時三十五分から、七時十五分まで三時間四十分ちかい時間、空白があるわけですね」

「ええ——レイジ自身は、その間、中之島に借りているマンションで夜のショーのために美顔術をしていたと言ってるけど」

「空白時間が、東京での犯行時刻とほぼ一致しているのはたしかに怪しいですね」

「ええ。だから警察も徹底的に調べたし、私も調べてみたんだけど——東京・大阪間を往復するとなると新幹線でも六時間以上はかかるでしょう？　方法は飛行機しかないわ」

「東京・大阪間のフライト時間は、片道きっかり一時間じゃありませんか」

「そうよ」

「それなら往復二時間——三時間四十分あれば充分、可能のようだけど」

「そうはいかないわ。飛行機には時刻表ってものがあるから」

信号で停ると装子は、バッグから紙片をとり出した。

大阪発16：05→17：05東京着
東京発18：15→19：15大阪着

と記されている。

「いい？　三時三十五分に梅田の店を出て、大阪空港へ駆けつけたとすれば、この四時五分にギリギリ間に合うわ。これが五時五分東京着、浜松町の現場との往復が一時間として、帰路は東京発六時十五分に、これもギリギリ間にあうの」

「その前の飛行機は？」

「四時しかないの。レイジが乗ったとすれば六時十五分発としか考えられないけど、これが大阪に着くのが」

「七時十五分！」

「そう、この日、飛行機は定刻通りに到着して、搭乗員の証言ではドアを開いたのが、その七時十五分きっかりですって。でもレイジがヘリコプターに乗りこんだのも七時十五分きっかりなのよ」

乗りこむと同時に井縫は、操縦士に時間を確かめた。

操縦士の腕時計は、五秒の狂いもなかったという。

「でもその時刻、ヘリコプターと飛行機は同じ飛行場にいたわけでしょ」

「ええ、でも二機の位置は、八百メートル近く離れてたの。全速力で走っても二分はかかるわ」

「なるほど、それで二分間の鉄壁のアリバイというわけか――つまり飛行場のドアが開くと同時に八百メートル先に立つ方法を考えればいいわけですね」

「でもそんな方法あるかしら」

「きっとあります。たった二分間でしょ。誰もが気づかない盲点があるにちがいありません」

そう言って腕を組んだ軍平は、ふと思い出したように、

「装子さんにはアリバイがないってききましたが、装子さんはあの日東京にいたんですか」

「ええ、あの日は休日だったので、私、映画見に行ってたの。真犯人の下手な偽証みたいで私自身もゾッとしないけど――でも夕方にはちゃんと映画館にいたのよ」

「装子さんほど顔が売れてれば、切符切りや観客の中に目撃者は見つかりそうですが」

「残念ながら、私、ジロジロ見られるの、いやだから、私用のときは変装して街へ出るの」

「変装？　サングラスでもかけるんですか」

「そんな生易しい変装じゃないわ。もっとすごいの。絶対誰にも気づかれないような」

「どんな変装です」

と聞こうとして軍平の興味は、ふと前方の歩道橋に掲げてある標示板にうつった。浜松町方向右折の指示がある。

「現場はこの近くでしょ？　寄る時間はありませんか」

装子は時計を見て、

「パーティは遅れても構わないけど、でも」

なにか言いたげだったが、結局何も言わず思いきりハンドルを右に切った。

3

新聞記事の写真より、ずっと豪華なマンションであった。ユトリロの絵を見るような白壁に、青く蔦の葉が絡んでいる。

管理人の主婦は、マンションの収益の全部をのみこんだと思えるほど、太った大女だった。有名人に弱いらしく、二人を愛想よく迎えると、マスターキーで被害者の部屋も開けてくれた。一階の一番奥であった。

五つも部屋があるというが、二人が見たのは玄関に続く広い台所だけである。

三日前の午前零時、隣室の画家がピストルのような破裂音を聞いて、管理人の主婦を叩きおこした。ドアをノックしても返事がない。マスターキーで開き、画家の岸田という男と二人こわごわ覗いてみると、その台所のまん中にサリはあおむけになって倒れていたのだった。

「鍋の肉が死骸の上にも散らばってましてね、私、てっきりサリさんの肉がとび散ってるとばかり思ってゾッとしましたよ」

相変わらず愛想よくニコニコ笑顔で言う。

「ここ、ここ——ここにこう倒れてたんですヨ」

相撲とりのような巨体で床に寝そべり、実演してみせる。

「鍋が焦げついていたなら、部屋中に煙が充満してたでしょ。おばさんが入ったとき」

「いいえ、そこの窓が少し開いてたので、そんなことはなかったけど」

起きあがれなくなった管理人を、軍平は助け起こした。

「どうしてあんなこと聞いたの」

管理人に礼を言って車に戻ると、装子はバックミラーで口紅を直しながら、訊いた。

「いえ、熱気で死亡推定時刻が大幅に狂ったとも考えられるので……」

「わざわざ寄っても大したことはわからなかったわね」

「はあ、でも被害者の部屋は、裏の出入口のすぐ近くですね。犯人は誰にも見られず現場に自由に出入りできたことがわかりました」

「そうね――でも」

装子はふと口紅の手を停めた。現場に誘ったときから装子は、どこか元気がなくなっていた。女性の神経には、殺人現場に立つことが耐えられなかったのかもしれない。真紅だった唇を白い口紅で薄めているのも、赤に血の色を連想したからだろう。唇に白い影がさして見えた。淋しそうな表情をごまかすように、装子はいたずらっぽくバックミラーの中で、軍平を覗きこんだ。

「似合うわ、タキシードと蝶ネクタイ」

「冗談はやめて下さい。俺――ボクだって傷つくから」

「本当だわ、よく見て」

装子はバックミラーを軍平に向けた。

今まで装子の笑顔を映して輝いていた鏡も、軍平の顔に変わると、不意に光を失った。軍平はすぐに顔を背けた。

「同じ鏡でも別々の顔を映すんですね」

「軍平クン」

軍平につきあって、装子も沈んだ声を出した。

「私、軍平クンに一つだけ隠してることがあるの」

「なんですか」

「まだ言いたくないわ。でも私が今そう言ったことだけは憶えてて。後で話す――私、軍平クンだけには嘘つきだと思われるのイヤ。私この世界で嘘つくの平気になっちゃったけど、軍平クンにだけは嘘言えないわ」

俺は、この美女の、うそ発見器かと軍平は思う。

しばらく横顔を長い睫毛に閉ざしていた装子は、やがて思いきり強くクラッチを踏んだ。

帝都ホテルに着いたのは、六時半だった。夜の帳が初夏らしい水彩の黒色で落ちた中に、日本一の伝統を誇るホテルは、札束を積みあげたような贅沢な高さで聳えていた。

パーティ会場の三階で、エレベーターを降りるとカメラマンがわっと二人をとり囲んだ。あっという間に二人は記者達の質問の渦に巻きこまれていた。

「白都サリが殺された事件をどう思いますか」

「前の晩、パーティで大喧嘩したそうですね」

「君、波木装子の十三番目の恋人？」

質問は、軍平にまで向けられる。

「あ、いえ、あのう、俺――ボクはただの」

ガードマンだという前に横から、装子が返答を奪った。

「そうよ。でも十三番目の恋人じゃないわ。一番目の愛人」

装子は軍平の胴に手を回し、頬をすり寄せ、爆発したようにいっせいに焚かれたフラッシュに笑顔でポーズをとってみせる。軍平、カッと頭に血が上り、足が宙に浮いた。

「波木さん、ドレスの裾メチャメチャだよ」

「あら、これ今年の流行よ。知らないの？」

茫然(ぼうぜん)とつっ立っている軍平を抱きかかえるようにして装子はやっと会場にたどりついた。どちらがガードマンかわからない。

「す――すごい騒ぎですね」

「今夜は特別よ、サリの事件が絡んでるでしょ。今度の事件は来週の週刊誌のトップ記事だわ」

パーティは、既に最高潮だった。体育館ほどもある大広間は、ラッシュの国電なみに人で埋っている。人気スターや知名人の顔がジャガイモ畑同然ゴロゴロしている。

装子がまず見つけたのは、隅の壁にポツンと一人よりかかっている男である。薄汚ないヨレヨレの背広を着ているのが、場違いな感じだった。

「刑事よ。私を訊問した人。あの人私の味方なの。犯人は絶対にレイジだって言ってるわ――何か新情報がないか聞いてくるわ。軍平クン、何か食べてて」

そう言って軍平を離れた装子は、二三分で戻ってくると、

「グッドニュースよ。レイジが大阪発四時五分の飛行機に乗ったのはまちがいないらしいわ」

「というと？」

「その飛行機に、離陸寸前に搭乗手続を済ませて乗りこんだ男がいるんですって。帽子をかぶり、サングラスをかけて、顎ヒゲを生やしてたそうだけど、スチュワーデスがレイジに似てたって証言してるらしいわ」

「すると問題は帰路だけですね」

「そうよ――あっ、ミーコ！」

不意にそう叫んで、傍を通った男の腕をつかんだ。

「ミーコ、ちょうどよかった。あなたを探そうと思ってたところ」

「なんだ、装子か、しばらくぶりじゃねえか」

ドスのきいた声でふり返った男は、やくざか何かのようにダボシャツを着ている――と見えたが、それが今夏の男性ファッションの流行らしい。

「装子、お前も今度の事件に巻きこまれてるんだってな」

「そのことなの、ミーコ、あなたレイジのアリバイの証人の一人なんでしょ」

そう言ってから、思い出したように軍平を紹介した。

ミーコという呼称からはほど遠い、暴力団員まがいに髪を短く苅(か)りあげ、眼つきの鋭いこの男は、パリ時代からレイジの下で働いており、今年の春から大阪のチェーン店の店長を勤めているという。つまり事件当日、三時半に梅田の店へ井縫が現われたことの証人というわけである。装子とは昔デザインスクールで仲が良かったらしい。

「そうか、レイジの奴のアリバイを崩したいってわけだな。なんでも聞きな。俺は、伊達(だて)じゃねえがあいつが大嫌いで、あいつを憎みきるためにあいつから離れずに今日まで来たんだ。それに俺もあいつのアリバイはクサイと思ってる。あいつが三時半に用もないのに店へ寄ったのは、わざわざ俺にサリの声を聞かせたかったためだと思ってんだ」

「サリの声って？」

「レイジは梅田の店から、東京のサリに電話をかけたんだ。俺の目の前でな」

装子と軍平は顔を見合わせた。

「知らなかったわ、そんな話」

「そうかい、警察にゃ話したんだが」

「いったい何の用があってサリに電話をかけたの？　二人はマグの一件で仲違いしてたんじゃない」

「レイジは〝黒のロマン〟からサリをおろした。もちろん自分を裏切ったサリへの復讐の意味だがね。一人東京に残ってるサリの方だって自分の蒔いた種とはいえ面白くねえやな。どんな様子だろうとあてつけの御機嫌うかがいをやったのさ。大したことは喋っちゃいねえ」

「あなたも、その電話に出たんですか？」

と軍平。

「ああ。中途でレイジが俺に代ったんだ。俺は梅田の店に行く前は、サリの付き人みたいな仕事をさせられてたからな。俺も大したことは喋っちゃいねえ。東京の天気はどうだいとか、何とかいう難しい名前のフランス料理をつくるってんで、東京まですっ飛んでいって御馳走になりてえな——とか」

「電話の声はまちがいなく彼女だったんでしょうか」

「ああ。それに、レイジがかけたのはまちがいなくサリのマンションだったぜ。レイジが受話器をとってから、サリの電話番号は面白いから見てろというんで、じっと見ててやったからな」

「というと」

「03──これが東京局番で、そのあと3と0が続いて最後が4です。俺もレイジに言われて気づいたんだがね……ミミミド──、レレレシ──」

「〝運命〟ですか」

「そ。店を出てくまでずっと口笛でそのメロディを吹いてたぜ」

軍平も裴子も首をかしげた。

「だろ？　どうもわざとらしいんだ。俺に電話番号を見させたのも──サリの声を聞かせたのも。どうもその時刻、まだサリが生きてたことの証人に俺を仕立てあげるつもりだった気がするんだが」

「でも三時半に彼女がまだ生きてたとわかっても、井縫のアリバイには何の得にもなりませんよ。どのみち死亡推定時刻は四時から六時までなんです」

「そりゃそうだが」

「ね、ミーコ、レイジどこにいるの」

「さっきここを脱け出て、自分の部屋へ戻った」

「赤坂のマンション？」

「いやこのホテルのクイーンルームさ。大阪から戻ってずっとそこに泊ってる──おっとゴメンよ。イヤなバアさんが来た。俺、苦手なんだ」

ミーコはそう言って逃げるように去った。

一人の女が巨体で人波を押しわけて近づいてくる。

「あ、さっきの管理人のオバサン」

軍平、思わず呟いた。浜松町のマンションの管理人がさっきとはうってかわったドレス姿で現われた——と一瞬そう思ったが、人違いであった。

「いやね、あの人、アヤコ・三宅よ。日本の女性デザイナーの草分け」

そのアヤコ・三宅は装子に笑顔を向けた。

「装子、元気? 来月のショーでは最後に素晴らしいウェディング着せてあげる」

「先生——嬉しいわ」

「ところで」

と声を潜めた。大きな口が装子の可憐な耳に嚙みつきそうに見える。

「サリを殺した犯人、装子は誰だと思う?」

「先生、私も容疑者のひとりなんです」

「まあ、警察ってぼんくらね。装子に人殺しができるわけないじゃないの。犯人はレイジに決まってるわ。みんな口に出して言わないだけ。私、このこと警察に言った方がいいんじゃないかと思うけど」

「なんでしょう」

「レイジには、今度のマグの一件だけじゃなく、サリを殺す動機があるようなの」

「というと？」

「去年の末に婚約したとき、私、サリに忠告してやったの。レイジなんかいつ棄てられるかわからないからやめなさいって。そしたらあの娘――先生、大丈夫よ。私レイジのスゴイ弱味にぎってるから――って自信たっぷりに答えたの。ほら、レイジはフランスの副大統領夫人やダル・グレーなんかのホモデザイナーに体売ってのしあがったなんて噂あるでしょ。そんなことでサリ、致命的な証拠にぎってたんじゃないかと思うけど――あら、ちょっと失礼。総裁夫人がお見えになったわ」

と言うと、ますます騒がしくなった人波の中へ、肉弾となって突進していった。

酒臭と色彩と騒音が渦巻く陰になって、薄く消え入るように流れていたヴィヴァルディの〝四季〟が春から夏に変わると、

「行きましょう、レイジに逢いに」

装子が言った。

4

エレベーターを待つ間、軍平は、すぐ横の受付の男と喋っていた。

電話機を指さして、しきりに何か話し合っている。

「何を話してたの」

エレベーターに乗りこむと、装子が聞いた。

「はあ、いいえ、あのう、さっきニッキーって喫茶店でちょっとおかしなことがあったので」

「なんのこと？」

「マスターがラーメン注文したでしょ。あのとき警察に電話をかけたような気がしたんです」

「警察って一一〇番――まさか！」

「ええ、でもその後パトカーのサイレンが聞こえて、ラーメン屋がとびこんできたでしょ。だから僕は本当にパトカーがラーメンの出前に来たんじゃないかと思って――でも今、受付の人に聞いて、やっぱり僕の誤解だとわかりました」

「当然だわ」

さすがに頼りなげな目で、まだ不審げに首をかしげている軍平を装子は見た。

頂上階は、パーティの喧噪（けんそう）など遠い世界のできごとのように、薄闇と静寂に包まれている。この最上階にはドアが三つしかない。外国大使やハリウッドスターが泊る一泊三十万という部屋だそうである。

そのドアをノックすると、やがて雑誌のグラビアで軍平も知っている顔が現われた。いや雑誌や街角のポスターで見る以上の美男だった。彫像のように彫りの深い顔、蒼い、男にしては濡（ぬ）れすぎた眼差。

「装子！」

と驚いて、抱きすくめキスした物腰も、洗練されきっている。

「サリが殺されてから、ずっと君に逢いたいと思ってた。君も疑われてると聞いて、心配でたまらなかった。僕は君の潔白を信じて疑わないが、警察は何を考えるかわからない人種の集まりだからね」

二人を招き入れると、井縫はなに気なく寝室のドアを閉めた。ほんの一瞬だったが軍平の位置から、ベッド横に飾ってある写真立てが見えた。

ドアから続く部屋は、宮殿のように広い。真紅の絨緞（じゅうたん）にロビーより豪華なソファが抽象画でも見るように、さまざまな意匠でおかれている。ソファには大きなトランクが投げ出され、こぼれ出した黒いドレスが、獣のような妖（あや）しい光を放っていた。

「黒のロマンの一着だ。明日のショーは必ず見て欲しい。わずか八分間に一億円を使うんだぜ。大阪のショーは大成功だった。ヴォーグの特派員も来ててね。今年の秋は世界中が黒一色に塗り潰されるだろう。ええと、こちらは？」

棒立ちになっている軍平の方にちらり視線を流した。装子と井縫が並ぶと、フランス映画の一シーンを見ているようで、軍平はスクリーンに観客の自分がまぎれこんだような恥ずかしさを感じた。

「探偵よ。私たち、あなたのアリバイを崩しに来たの」

「最高（グレート）だ！　君のような美女に追いつめられるなら、喜んでサリの奴、殺してやったのに」

容疑者役を楽しんでいるのか、井縫は口笛で、快活なメロディを吹いて、

「それじゃ早速、訊問してくれたまえ、残念ながら時間がないんだ。八時のひかり号で大阪へ戻らなくちゃならない。ドレスを一着忘れてきてね」

装子の目に促され、軍平は直立不動の姿勢で一歩前に進み出ると、突然、宣誓する選手のように大声を張りあげた。

「それでは聞きます。あなたはどうやってアリバイをこしらえたんですか」

一瞬あっけにとられていた井縫は、やがて余裕たっぷりな笑顔になると、

「素晴らしい訊問だ。なぜ刑事達もこう単刀直入に聞いてくれなかったんだろう——じゃあ、私も単刀直入に答えよう。僕はサリを殺していない。だからアリバイが完全なのは当然なんだ。もう警察から聞いてるだろう？　いや実際、ヘリコプターに乗りこむのがあと二分遅かったらと思うとゾッとする。運命の配慮だったんだろうが——他に質問は？」

「ええと、ショーが終った後、やはりヘリコプターで大阪空港に戻られたんですか」

「そう、そのまま八時半の最終便で東京へ戻った。八時十五分頃、ショーの関係者が二人来たんで一緒に東京へ戻り、十一時頃まで赤坂のマンションで飲んでたかな」

「ヘリコプターを降りてから八時十五分まで大阪空港にいたという証人は？」

「いないな。そんな証人がいるのか」

「いえ——他に質問を思いつかなかったから」

「じゃあ悪いが、そろそろ時間なんだ。もっとゆっくり刑事ごっこにつきあっていたいんだが」

井縫が服を着替え始めたので、二人は部屋を出た。

「健闘を祈る！」

井縫は最後まで冗談めかして言った。

「何かわかった？」

下りのエレベーターで装子は聞いた。

「はあ、あの人、音楽に詳しいですね。さっき吹いた口笛は、ショパンの余り有名じゃないマズルカのトリオの六小節目からでした」

「あら、軍平クンも詳しいのね」

「はあ、まあ——それから、あの人すごいナルシストですね」

「なぜ？」

「ベッドの傍に自分の写真を飾ってました。毎晩、自分の夢を見たがるんでしょうか」

「ああいうタイプってナルシストが多いけど、——でも、まさか。別の人の写真よ」

「でも井縫にそっくりでしたが——」

装子はふと思い出したように、

「それ、藤村って男の写真かもしれないわ。去年までレイジの秘書だった男よ。二人は普通の関係じゃないって噂があったの。本当かどうかしらないけど、サリと婚約したとき、藤村が解雇されたのは事実よ」

「二人は似てたんですか」

「ええ——そういう意味じゃナルシストってのは本当ね。藤村を抱いたとしたら、レイジ、鏡を抱いたようなものだもの」

「その藤村は今どうしてるかわかりませんか」

「さあ——どうかしたの？」

「いえ、何でもないです」

会場に戻ると、

「さあ、次は誰を訊問しましょうか」

装子が言った。

「日生球場でのショーのことをよく知っている人に会いたいんですが」

「ミーコなら知ってると思うけど」

頭の畑を眺めまわした装子は、

「ああ、いい人がいる」

数歩離れたところでメロンを食べている女を指さした。オカッパ頭で、小柄な体をパンタロンスーツに包んでいるので、てっきり女だと思ったが正真正銘の男だった。

「兵藤っていうレイジのアシスタントをしてる人——」

その兵藤は、若い女と喋っていた。マリアという最近売り出してきたモデルだった。長身のマリアは、眉をつりあげ、自分の肩までもない兵藤に、いきりたっていた。

「ともかくもう一度先生にたのんで頂戴。私、明日のショーでは絶対あのドレスを着たいの」

「だめヨ、あの衣裳は失敗作だって先生、片付けちゃったもの」

「嘘。そんなこと言っておサヨか誰かに着せるつもりなんでしょ。いい、あの衣裳にしてくれなけりゃ、私、明日で〝黒のロマン〟降ろさせてもらうから」

捨て台詞（ぜりふ）を吐いて去っていった。装子は、兵藤に近寄ると、

「兵藤さん、しばらく――どうしたのマリア、またゴネてるみたいだったけど」

「全く困っチャウ。でもうちの先生も悪いのヨネ」

「どういうこと？」

「実はネ。先生、今度の〝黒のロマン〟には百着の衣裳をデザインしたの。ところがどういうわけか百一着できあがってきちゃったのヨ。衣裳あわせのとき、マリアがその余分の一着を見つけて、自分のよりこの方がいいって騒ぎだしたの。先生、これは失敗作だからって、慌ててどっかへ片付けちゃったけど――不思議なのヨネ。あれ、失敗作どころか、誰がみても百着のうちで一番先生らしい、豪華な作品だったんだモノ」

「さっきレイジに会ったら、大阪へ忘れてきた衣裳を一着とりにいくと言ってたけど、それのことかしら」

「アラ、そう。じゃあやっぱり先生、あれをおサヨに着せるつもりなのかシラ。おサヨは明日のショーから、今度の〝黒のロマン〟に参加するんだけど」

「ね、兵藤さん、この人に大阪でのショーのこと話してやってくれない？」

「いいわヨ」

理由も聞かず、兵藤はショーの模様を詳しく話してくれた。

ショーが終ったあと大阪空港に駆けつけ、井縫と一緒に東京に戻った一人が、その兵藤だった。

「そうヨ、先生、ボクたちが八時十五分に空港に着いたら、ロビーの隅で待ってたの。その後一緒に東京へ戻って十一時頃迄、赤坂のマンションで飲んでたの。どうして？」

「いえ——ちょっと」

「じゃあ失礼。明日のショーの準備があるの。そろそろ退散しなくちゃ」

離れようとした兵藤は、ふとあるメロディを口ずさんだ。

軍平の声が、思わず、その足を停めた。

「あのう、兵藤さんも、白都サリの電話番号を知ってるんですか」

「なんのこと」

「今、〝運命〟を口ずさんだでしょ」

「ああ、それ——さっきショーが八分間だって話したでしょ。〝運命〟の第一楽章に合わせたのヨ。先生、ショーのバックに〝運命〟を流したの。黒のイメージにピッタリだと言って——」

5

入れかわりにミーコがやってきた。

「なにかわかったかい。レイジの奴、今ホテルを出てったぜ。大阪へ忘れ物をとりにいくんだとさ」

「知ってるわ」

「あのう、ミーコさん——去年まで井縫の秘書をしていたという藤村って男が、今どうしてるかわかりませんか」

「おや、藤村のことなら、さっきも銀座の店長と喋ってたところだ。このあいだ見すぼらしい恰好で銀座を歩いてたのを見かけたそうだ。一体、何をしてんだろうと二人で言ってたとこだヨ——それがどうかしたかい」

「一つだけ方法があると思うんです。七時十五分に井縫が大阪空港の二つの場所にいることができた——」

「というと？」

「ヘリコプターに乗りこんだのが井縫の替え玉だった場合です」

「そりゃ駄目だぜ。操縦士は騙せたとしても、レイジは球場に降りたったとき二万人の観客に見られてるんだ」

「だからですよ。二万人が同時に一人の人物を目撃しうる状況というのは、その人間が二万人全員から遠く離れている場合に限られると思うんです」

「それがレイジじゃなかったとすれば――そうね、レイジは八時十五分に兵藤さんたちに会うまでに大阪へ戻っていればよかったことになるわね」

「フム」

とうなったミーコは、「ちょっと待て」と言ってどこへともなく姿を消し、二三分して戻ってきた。

「残念ながら、今の推理は駄目だ。銀座の店長が藤村を銀座で見たのは、事件当日の八時だったそうだ。七時半に大阪でレイジの代役をつとめていた彼が、どうやって八時に東京へ現われることができたんだね」

「そうですか」

落胆の色をうかべて軍平は、つぶやいた。

「俺はやっぱり、あの電話に何か意味があったと思うネ。サリの電話番号を押すのを俺に見させたのも、電話を俺にかわってサリの声を聞かせたのも、どうも怪しいんだ」

何気なく聞き流していた軍平は、ふと思い出したように、

「今、押すっていいましたね。梅田の店の電話はプッシュホンなんですか」

「そうだ。それがどうかしたかい」

その時である。

「サリを殺したのは装子に決まってるわ」

背後で女の声が聞こえた。小声だったが三人とも驚いてふり返った。先刻のアヤコ・三宅の蜂の巣のような頭と岩のような頑丈な背が、意外に近くあった。アヤコ・三宅は、三人の存在に気づかず、夢中で相手の女に喋っている。

「前の晩、パーティでサリと大喧嘩したってじゃないの。あんなおとなしそうな顔してるけど、ひと皮むけば相当な女よ。サリの人気を嫉んでたにちがいないわ」

軍平は慌てて装子の顔を見た。装子は少し蒼ざめ、だが何も聞かなかったように静かに立っていた。

「先生——」

アヤコ・三宅の背に呼びかけた。落ち着いた声だった。ふり返った三宅は、ギョッとして、手の皿を床に落とした。周囲がその音に視線を集めた。

「装子、私は別に悪気があって……」

しどろもどろに弁解を始めた大女の顔を、装子は黙って見ていた。怒っているというより、醜い中年女を憐れむような視線だった。

やがて装子は皆にくるりと背を向けると、入口にむかって走り出した。軍平はあわててその後を追った。廊下に出た装子は、エレベーター前の化粧室に駆けこんだ。女性用のトイレだが、軍平も構わず飛びこんだ。

幸い、中には誰もいない。香水の匂いに溢れた大理石の、軍平の部屋より、ずっと豪華なトイレだった。入ってきた軍平を見ようとせず、

「わかった？　私、あんな世界に生きてるのよ」

装子はひとり言のように言った。

「でも私だって同じだわ」

乱れた前髪の下から、真剣な目で、軍平を見あげると、

「逃げて」

思いがけないことを言った。

「このまま一緒に逃げて」

「逃げるって──」

「一つだけ隠してることがあるって言ったでしょ。それを話すわ。私、あの日五時にサリの部屋へ行ったの」

「えっ？」

「もちろん犯人は私じゃないわ。私はただ前の晩の喧嘩のことを謝りに行っただけ。留守だと思ってすぐ帰ったわ。まさか殺されてるなんて考えてもみなかったもの──映画館にいたって話は嘘」

「誰かに見られたんですか」

「マンションを出るとき、クリーニング屋の御用聞きにぶつかりかけたわ。むこうは私の顔に

気づいたみたい。警察がそれを知るのも時間の問題よ、だからレイジのアリバイを早いとこ崩したかったの。軍平クン、逃げよ。そのことだけじゃないの。私、もうずっと前からこんな世界、嫌だったの。ドレスも厚化粧も札束もパーティもパリも、みんな嫌。みんな嘘よ、こんな世界——私の欲しかったのはこんな幸福じゃないわ」

軍平は何を喋ったらいいかわからず、ただ装子のドレスの、ギザギザの裾を見ていた。

「MGBで一緒に逃げて」

「ぼくは——僕は運転が下手です」

「赤いオートバイがあるわ」

「あれは壊れかかってます」

「自転車でも三輪車でもなんでもいい。一緒に逃げて」

絹糸のような髪、黒い瞳、赤い唇。突然メチャメチャなことを言いだした装子は、メチャメチャに綺麗だった。

「どこへ逃げても、マスコミが追いかけてきます」

「じゃあ、素顔で逃げる」

「素顔?」

「そう。町へ出かけるとき、私、すごい変装してるっていったでしょ? 私、ただ化粧を落とすだけなの。みなが波木装子と信じてるのは、この厚化粧の顔よ。私だって素顔の自分が別人のような気がするもの。誰もわからないわ——いつのまにか嘘の顔が、私になっちゃったの。

だから逃げて」

装子の子供っぽい目を、軍平はただ茫然と見返していた。

一分もたったろうか、何も答えない男に装子が諦めて視線を外そうとしたとき、軍平は思わずその手をつかむと、トイレをとび出した。

夢中で廊下を走り、会場を出てきたミーコにぶつかりかけた。

「どうしたんだ」

「逃げるの！」

装子が嬉しそうに言った。

「いや逃げる必要はありません。井縫のアリバイが崩れました」

装子もミーコも驚いて軍平を見た。

「それより、すぐ井縫を追いかけましょう。井縫が大阪へ戻ったのは、ある証拠を消すためです。忘れ物をとりに帰ったんじゃない――今日まで時間がなかったんでしょう。急いだ方がいい。ミーコさんもきてください」

三分後、三人は装子のMGBで東京駅にむかって驀進していた。

「坊や、本当に解けたのか」

「と思います。装子さん、さっき素顔で逃げればいいと言いましたね。素顔が変装だと――井縫はそれをアリバイでやってのけたんです」

「わからんな」

「簡単なことです。いちばんいい変装が素顔ならいちばんいいアリバイ工作は犯行時刻に自分が殺人現場にいたと主張することではありませんか」

「でもそんな馬鹿なことしたら」

「いや、自分が殺人現場にいたと主張して、却(かえ)って自分のアリバイを不動にする方法が一つだけあります」

「どうするんだ」

「現場をすりかえればいい。現場をすりかえれば、本当の現場をアリバイ先だと主張できるでしょう」

「――?」

「まだわからんのですか。彼は大阪にいたと主張した。だから誰ひとり、大阪で犯罪がおこなわれていたなんて考えもしなかったんです。――装子さんが素顔で変装したように、井縫は真実の主張で変装しきったんです」

6

三十分後、三人は発車寸前の、新幹線ひかり号に飛び乗った。八時発の大阪行である。車掌に聞くと、グリーン車に、たしかに井縫らしい男が乗っているという。

「ミーコさん、井縫が電話をあなたの前でかけた理由がわからないと言いましたね」

一息つくと、軍平は説明を始めた。

「彼はあなたに電話の相手が東京にいると思いこませたかったんです。それだけが、あの電話の目的でした」

「実際には」と装子、「サリはそのとき大阪のレイジのマンションにいたのね」

「そうです」

「だがレイジが押したのはまちがいなく東京の局番とサリの番号だったぜ」

「最初の03は東京局番ではありませんでした。ミーコさんも知っているでしょう、プッシュホンには記憶ボタンというのがあるのです。左隅の米印のボタンです。それを使えば二つの数字によく使う電話番号を記憶させせられるんです。一度記憶させれば、次からは記憶ボタンと二つの数字、あわせて三つのボタンを押すだけで相手に繋げることができるわけです」

軍平は、装子を見て、

「ニッキーのマスターは、ラーメン屋の番号を記憶させておいたんですね。それをしらず、僕は三つのボタンが押される音を聞き、後ろ二つの数字一〇だけを見て、そういう電話番号は一一〇番しかないと思ってしまったのです」

「レイジは、東京の局番と同じ03に、自分の大阪のマンションの電話番号を記憶させておいたのね」

「そうです、03だけで番号は繋がった。そのあと押したミミドー、レレレシーはなんの意味もないものでした。ミーコさん、井縫は、受話器をはずして、すぐに03を押しましたか」

「いや、受話器を手からすべり落として、あやうく電話機ごと床に落としかけた」

「あなたの目と耳をその方に奪っておいて、こっそり最初の記憶ボタンを押したんですよ」

「だが、なぜ、サリは、レイジのマンションに、大阪にいたんだ」

「あの晩の日生球場でのショーに出るためです。ショーの衣裳が一着余ったそうですね、最高の衣裳が——白都サリはあの晩それを着て井縫と二人、ヘリコプターから二万人の観客の前に降り立つ手筈になっていたんですね」

「でもサリはマグの件で、レイジと憎みあってたのよ」

「それが二人の計画だったんです。マスコミをそう騒がせておいて、あの晩二人が球場のド真ん中に手を繋いで降り立つ——ファッションショーでは最後がウェディングドレスでしょう? その百一着目のドレスは、井縫が被害者のためにデザインした黒のウェディングドレスだったんです——週刊誌はそのドンデン返しをまた大騒ぎするし、ショーの宣伝になる。やはりサリは天下のマグ・カートンよりレイジを選んだとなれば、井縫の男としての株もますます上がる。ヘリコプターから降り立つ瞬間の劇的効果を狙うために、その日の朝にでもサリはこっそり大阪へ来ていた。最後の瞬間まで大阪にいることを知られてはならないという井縫の命令に従い、電話ではあなたに自分が東京にいるという芝居を演じてみせたのです——井縫はそんな被害者の協力を得て、かねてから計画していたサリ殺しを実行したんです」

「裏の裏をかいたわけね」

「白都サリが、井縫の弱味を握っていたにちがいないと中年女が言ってましたね。本当の動機はそんなところにあったと思います。ともかく現場が大阪だとわかった以上、井縫の後の行動は簡単に想像できます」

三時半すぎに梅田の店を出た井縫はマンションに戻るとサリを殺害した。その死体を、旅行用の大きなトランクに詰め、大阪空港へ行き、ヘリコプターに乗りこんだ。ショーの終ったあと、そのトランクと共に東京へ戻り、皆と別れてから、それをサリのマンションに運びいれた。

「サリの体重はどれぐらいでしたか」

「三十二キロ。有名な話だぜ」

「そんな子供なみの体重なら運ぶのは難しくはありませんね」

「台所のレンジにかけてあった鍋はどういう意味があったの」

「電話でフランス料理をつくるという話をミーコさんが聞いてるでしょ？　実際には大阪のマンションでその料理をつくっていたんですが、それを焦げつかせて、東京へ運び、死体の傍に散らし、鍋を空焚きにし、短い時間で爆発するようにしたのです。——全部、現場が東京だと思わせる工作でした」

ミーコは獣のような声でうなった。

「なるほど、大阪にいたレイジは、大阪にいたサリを簡単に殺せたわけか」

「そこが井縫の狙いでした。犯人がアリバイを仕組むのは、その語意どおり、現場にいなかったことを証明するためです。その逆を狙って彼は現場にいたことを証明しようとしたんですね。

犯人が大阪にいたと主張すれば、警察ではヤッキになって彼を東京に立たせる方法ばかりを追うでしょう。誰も彼の主張どおり大阪に立たせる方法など考えはしない。その盲点を狙って、彼は現場の方をすりかえ、自動的に逆のアリバイ、つまり正直に自分のいた場所を主張したんです」

「だが、大阪を一歩も離れなかったなら、なぜレイジはもっと確実なアリバイを主張しなかったんだろう。三時間四十分も空白を作らないで、ずっと梅田の店にいるとか」

「井縫はどのみち自分に嫌疑がかかることを知っていた。あまり確実なアリバイを申し立てると、警察は彼を東京に立たせることを放棄して、本当の現場は大阪ではなかったかと疑い出すかもしれない。それを怖れてわずか二分間だが、鉄壁のアリバイを用意するだけにしたのです。いや、それだけでなく彼は、警察の注意を東京・大阪間の往復にむけるために、わざと自分に似た藤村を東京行きの飛行機に乗りこませたのだと思います。鉄壁の二分間がある以上、彼はできるだけ警察の目を東京に向けたかったんですね」

「レイジは梅田の店の電話機が憶えこんだ番号を消すために大阪へ戻るんだな」

「そうです。目下、僕の推理を裏づけてくれるのはその電話機だけです。ひかり号が大阪へ着いたら、僕と装子さんとでなんとか井縫をひきとめておきますから、ミーコさんは梅田の店へ行き、プッシュホンが記憶した03の番号を押してみて下さい。梅田の店にはもう一台電話機がありますか？　そう、それなら同時にその電話機からも井縫のマンションに掛け、通話中ならば、ほぼ僕の推理が確かめられるはずです。それを確かめてすぐ警察に連絡して下さい」

「軍平クンありがとう、まさかこうも簡単にレイジのアリバイを崩してくれるとは思わなかったわ」

ひかり号はすでに熱海を通過しようとしている。

「お礼ならニッキーのマスターに言ってください。それともうひとり」

「誰？」

「ベートーヴェンです。ルドヴィッヒ・ファン・ベートーヴェン」

「ベートーヴェン？」

「ええ、井縫がショーの音楽を〝運命〟にしたのは、被害者の電話番号と、もうひとつ、自分の思いついた電話トリックにも似ていたからだと思います。クラシックに精通している井縫は〝運命〟の珍しい特徴を知ってたんでしょう。彼は受話器を落とすふりで、最初の記憶ボタンの音をあなたに聞かせなかった。つまりあの日、梅田の店のプッシュホンの数字が奏でたミミミドーのメロディは、実際には誰にも聞かせてはならない一つの音から始まっていたんです。〝運命〟の出だしも誰にも聞こえない一つの音から始まります」

「誰にも聞こえない音って？」

「休止符ですよ。〝運命〟の第一楽章は八分休符から始まるんです。レコードで聞いただけではわかりませんが、楽譜にはミミミドーの前にちゃんと八分休符が書きこまれています。そんな曲は、〝運命〟しかないんです。指揮者はどうやって、この最初の休符を表現するか、苦労するそうですが、井縫も最初の一音をどう処理するか、悩んだと思います」

「その犯罪トリックを球場いっぱいに鳴り響かせたというわけか――いかにも自己顕示欲の強いレイジのやりそうなことだぜ」

「それだけじゃありません。あのショー自体が井縫の自己顕示欲のあらわれだったと思います」

「というと？」

「井縫が〝黒のロマン〟の企画を思いついたのは、サリを殺すことに決めたときだったと思います。彼はショーの開始日をサリ殺害決行の日に選んだ。あの夜のショーの衣裳は、井縫が、一人の女を葬るために、自分の犯罪を誇示するために用意した、百着の喪服でした。――それだけじゃありません。〝運命〟という言葉自体に井縫のアリバイ・トリックが隠されていました。運命という言葉は命を運ぶと書くでしょう？　井縫は被害者自身に命を大阪へ運ばせ、殺してその死体を東京へ運んだのですから」


午前零時に、軍平と装子は新大阪駅の近くのホテルで別れた。

十一時十分にひかり号が新大阪に着くと、二人は偶然を装って、グリーン車から降りてくる井縫に近づき、そのホテルのバーに誘い足どめをくらわせたのである。その間にミーコ一人が梅田の店へ走った。三十分間他愛のない話で井縫をひきとめ、装子はそっと席を離れ、ミーコに電話をかけにいった。戻ってきた装子は、テーブルの下でOKのサインを出すと、「じゃあこれで――私たちはこのホテルで楽しい一晩を過すの」軍平の腕を引っ張って立ち上がった。片目をつぶり意味ありげな微笑を挨拶にして、井縫がホテルから出ていくと、装子は軍平に、ミーコが無事に軍平の推理を確かめ、友人の刑事を呼んでプッシュホンを押えてもらい、今二人で井縫の到着を待っていると告げた。回転扉を出たところでタクシーに乗りこんだ井縫レイジはそれが罠だとも知らず、大阪の夜へと去っていった。このホテルに二人分の部屋をとるという装子の申し出を、軍平は親類の家に寄りたいからという嘘で断った。「そう――」装子はそれ以上は無理強いせず、自分の部屋だけとると、軍平を回転扉のところまで送ってきた。

ホールの大時計は恰度、午前零時を示している。装子はその重なった針から目を軍平に移すと、軍平の首の蝶ネクタイを直し、「これで軍平クン、クビよ」と言って悪戯っぽく笑った。

「でもまだ契約はひと月残ってますが」

「残りのお金は、ささやかなお礼――警察には捕まらずに済んだけどマスコミには捕まるわ。私、明日にでもパリへの切符を買うつもりなの……短かったけど本当にありがとう」

突然の別離が信じられないまま、軍平、いやこの二カ月は長すぎたのだ、胸の中で呟きながら頭をさげ、回転扉を押した。失恋した最初の一瞬から、傷の痛みを二カ月もひきずらせてしまった――

外に出たところでふり返ると、ゆっくりと回るガラス扉のむこうに、装子はホールの薄暗い静寂を背に立っていた。街の灯がさまざまな色でガラス扉に砕け、星屑のような光に装子の影は揺らめいている。

装子が、ふと黄色いドレスの裾をもちあげ片方の脚を浮かせた。そして靴を回転扉に投げ棄て、一瞬軍平に微笑みかけ、次の瞬間には背をむけ、奥へと去っていった。

ガラス扉のゆるやかな流れが、その靴を外まで運んできた。軍平、それを拾いあげた。白い絹地で作られた片方の靴は、まだ装子の足のぬくもりを残して、透明に煌(きら)めいて見えた。

童話と同じように、シンデレラは午前零時に片方の靴を残して去っていった。しかし童話と違い、宮殿に住むシンデレラと貧しい王子様の物語には、その後に続くハッピーエンドの頁がなかった。それを誰よりもよく知っている軍平は、靴を片手にぶらさげ、茫然とその場に立っているほかなかった。

邪悪な羊〈祥子〉

八時をまわり、社殿の裏手の川で最初の花火がうちあげられると、祭りは最高潮に達した。祭り提灯(ぢょうちん)を連ねた狭い参道は、ラッシュ時の国電なみに人で埋っている。下町という土地がら、浴衣(ゆかた)姿も多い。夏祭りらしい白さが、アセチレン灯や色電球に映えた。

その人波に押し潰されかけて、鳥居の横に小さな電話ボックスに似た交番がたっている。

交番の前では、須田清子巡査が、意識的に顔を空にむけ、つっ立っていた。

意識的に、というのは花火を見ようとしているからではない。彼女の足許(あしもと)には、一匹の犬の死骸が転がっているのだ。

五分ほど前、綿菓子の夜店を出していた男が、その死骸を抱えてとびこんでくると、

「今、こいつが殺された！」

と騒ぎだした。屋台に繋(つな)いでおいたその愛犬が、一発の銃声と共に突然、倒れたのだという。

弾丸は首に命中していた。白い毛並を焦がした穴から、まだ生々しい鮮血が、どくどくと流れている。春に警察学校を出たばかり、制服姿もどこか硬い清子は、犬とはいえ死骸が気味悪かった。犬一匹といっても、この混雑に、射殺とは物騒な話である。二人の巡査は、犬の死骸を

放り出して、現場?へとび出していってしまっていた。

だから、その時、交番にいたのは、清子ひとりだったわけである。

必死に見上げていた空に、真紅に咲いた花火に気をとられ、彼女はその少女が近づいた気配に気づかなかった。花火が消え、暑気で黒焦げになったような夜空が残る。群衆の喧噪が再び始まると、清子は、誰かの視線が首すじに粘るのをおぼえ、ふり返った。

鳥居の端に、人の流れにとり残されて、少女は立っていた。純白のドレスに似た服を膝にひらひらさせ、気だるそうに鳥居によりかかっている。突然の少女の出現は、その場違いな天使に似たドレスのために、今、夜空から消えた花火のひと筋が地上に墜ちて、一瞬の幻を結んでいるようにも見えた。長い髪を肩まで垂らし、耳もとに銀製の造花を飾っている。大人びた指で、退屈そうに少女は、その花をいじりながら、黒い瞳だけを、じっと清子に向けている。

初めての迷子だわ――清子はそう直感してにこやかに少女に近寄った。最近の子供はしっかりしているのか、昼から迷子がひとりもなく、ノルマを果せないようで、後ろめたかったのである。

「はぐれたの?」

少女は怯えたように一歩、後ずさりした。

「はぐれたの?」

「ここ、どこ……」

やっと独り言のように呟いた。あどけない声や、顔立ちの幼さに、淋しげな表情が似あわない。

「お名前は？」

「曲木（まがりぎ）レイ……小学一年生」

「誰と一緒に来たの。パパ？　ママ？」

「誰もいないわ――」

　瞳を長い睫毛（まつげ）に伏せて答えた。

「パパもママもおウチ……電話は五六四の八八八一。おばさん、電話して」

「そう。一人で遊びに来て帰れなくなっちゃったのね。心配いらないのよ。すぐに電話してあげるから、中で待っててようね」

「ダメ、近寄っちゃあ！」

　清子のさし伸べた手を逃れ、少女は突然カン高い声を挙げた。

「動いちゃダメ！　アタシうたれる。おばさんも――あそこの犬みたいに。オジちゃん大きな鉄砲もってるの。上手（うま）くやらないとあの犬みたいに殺すって……あんなにたくさん血流すのイヤ！　オジちゃん、今、アタシたち見張ってる。この花のところを狙（ねら）って……血、コワイ。鉄砲で、顔をメチャメチャなぐられて、鼻血もいっぱい出た……」

　清子は、最初、少女が嘘を言っているのかと思った。顔に殴られたような痕（あと）はないし、鼻血が出たというが、ドレスは、そんなしみ一つなく純白である。――ただ、銀の造花をいじっている少女の指は、たしかに小刻みに震えている。

「オジちゃんって誰？」

「ひょっとこのお面をかぶった人、――それからもう一人……アタシをユーカイしてるオジちゃん」

清子の顔から微笑が消えた。冗談を言われているのではない。犬は実際に射殺され、まだ生温かい血を流している。

「そのオジちゃんたち、どこ？　どんな人たち？」

清子は慌てて周囲を見回した。だが目の回りそうな人ごみがあるだけで、どこに少女の言う二人の眼が潜んでいるのか見当もつかない。それだけに四方八方から、銃口がむけられているようで恐ろしかった。

「ね、どこ――どんな人たち」

少女は後ずさりしながら、首をふり続ける。

「十分経（た）ったら、おばさん、ウチへ電話して。パパやママにアタシが無事だって……犯人のオジちゃんが十二時に連絡するって。十分間動いちゃダメ。助けようとしないでね。本当に撃（う）たれるから……アタシ」

少女は最後に、諦（あきら）めたような物憂げな仕草で首を振ると、くるりと背をむけ、人波の中へ駆け出した。清子は咄嗟（とっさ）に背を摑（つか）もうとしたが、そのとき、
パン！

恐ろしい爆発音に、反射的に足が停った。

撃たれた！

思わずキャーッと叫んだ。重なってドッと歓声がわきおこる。少女を跡形もなく飲みこんだ群衆がいっせいに頭上を見上げ、清子も馬鹿のようにつられて空を見た。

爆音の余韻を、光の華が夜空いっぱいに広げ、と思うと青い枝垂れ柳に砕け、瞬く間にそれも消え果てて——

1

「軍平さん、私、今困った立場にいるの。相談にのって下さらない」

「はあ」

まのびして肯くと、軍平、治療用の椅子に座った。背筋が緊張する。通い始めて一カ月になるが、軍平、いまだにその椅子に馴れることなく、電気椅子に座る心地がする。緊張は椅子のせいだけではない。ビルの一室を借りた宮川歯科医院、その女医さんの宮川祥子が美しすぎるのだ。軍平と祥子は、高校時代の級友で、「サッちゃん」と親しげに呼んではいるものの、足かけ十年近い交際で、軍平、その祥子の美しさにいまだに馴れることはなかった。

初めて逢ったのは、高校の入学式、軍平、祥子ともに十六の春で、桜吹雪舞い散る校庭で、セーラー服のリボンを所在なげに嚙んでいた祥子の姿を、軍平、眼鏡の分厚いレンズ越しに眩しく眺めながら、奇跡でも見ている想いがした。その後三年偶然クラスが同じで、美しすぎる祥子と醜すぎる軍平は、いつもクラスからはみ出していた。高三の夏、軍平の空手部と祥子の華道部で合同キャンプがあり、この際も他の連中はすぐにカップルが出来たが、二人だけが籤びきで外れたようにはみ出して岩陰に無言で座っていた。横顔で意味もなく微笑んでいる祥子に、「サッちゃんはいつも幸福そうですね」思いきって声をかけると「なぜ?」「いつも微笑んでいるから」「私いま不幸だわ」相変わらず微笑んだまま言った。確かに祥子の境遇は幸福なものとは言えなかった。祥子の父親は子供の頃死に、母親は祥子を連れて某銀行家のもとに後妻として入ったが、その母も自動車事故で死亡、祥子が高校に入った年、義父はまた再婚し、その若い、祥子と十歳も違わぬ継母が、美しすぎる祥子に絶えず邪険に当るという。少女漫画に出てきそうな美少女は、実際、少女漫画の主人公に似た薄幸な身の上を背負っていた。「星回りが悪いのね」崖で切りとられた夕空の底にポツンと落っこちたような一番星を見つめながら「軍平さんは何座?」「十二月二十八日生れです」「じゃあ山羊座ね。私は乙女座だから、きっと相性がいいわ」入学式の日、一瞬の視線で祥子の全部を諦めてしまった軍平に、泣きたくなるほど悲しいことを言った。

実際、祥子の星回りは薄幸なのかもしれない。卒業後七年が経ち、高校の頃からの志を遂げて歯科医を開業し、その通知を軍平に送ってきた際、祥子は既に一度結婚に失敗していた。北海道の歯科大を出て東京に戻った祥子は生活能力皆無の画家の卵と結婚し、軍平が昔から悩んでいた虫歯一本を頼りに、祥子の医院を訪れた一カ月前に、ちょうど離婚に踏みきっていた。

診察券に名前を書いて待っていると「軍平さん！」治療室から、ピンセットに患者の抜歯を挟んだままとび出してきて、嬉しそうに微笑した。以前と少しも変わらぬ微笑に「サッちゃん、やっぱり不幸なんだろうか」軍平、どんぐり目をやたらパチパチさせ、ただ棒立ちになって何も言えず、それが七年ぶりの再会だった。

「困った立場というと？」

「後で話すわ。あと二人で終るから、待合室で待ってて下さる？」

祥子の顔が、軍平の口もとに屈みこんできた。祥子の薄化粧の匂いが、軍平の、人一倍敏感な嗅覚を撫でる。なんど夢にみただろう——こんな風に祥子の顔がゆっくり近づいてくる。甘い匂いに包まれ、軍平、ウットリと目を閉じ、やがて祥子の唇が濡れて自分の唇に——だが現実には、祥子の唇は、軍平の唇を断固拒絶するように白いマスクの鎧で武装し、近づく目は女医という職業に徹しきった厳しい目で、唇を押し開くのは空気ドリルの騒々しい震動だけ、ウットリどころか、軍平、思いきり口をガバッと開き、この瞬間の顔を少しでも品良くしようと、ターザンの叫んでいる写真を手に入れ、鏡の前で猛訓練したが、どうみても、ひきつけを起こした山羊の顔、自分自身吹き出していた。

「軍平さんの歯、なかなか直らないわ」

治療が終り、祥子は今日も困ったように言う。軍平が治療室を出ると同時に詰め綿をとり、キャンディやらチョコレートをかじり始めることを祥子は知らない。軍平がこの日のために卒業後ずっと、その虫歯を大事に口の奥底にしまっておいたことも。虫歯一本で繋がった悲恋十年の物語だった。

待合室で待ちながら、軍平は、ぼんやり花瓶の花を眺めていた。赤薔薇と白百合という共に美しいが、美しさの質も色も余りに対照的な花がさしてある。この五月、軍平がボディガードを勤めたファッションモデルの波木装子を赤薔薇とすれば、祥子の方は派手やかさはないが、清楚な白百合の女だった。装子は軍平をある事件に巻きこみ、事件が終るとマスコミ騒動を逃れてパリへ旅立っていった。装子に恋した二カ月を豪華な、それだけに空しい夢と諦め、軍平が元通り道路工事のアルバイトだけに頼った貧乏くさい、つまり自分にふさわしい生活に戻って、やっと落ちつきかけたところへ、運命は、残酷にもまた一人の美女を送りこんできたのである。ちょうど胃腸の悪い患者の前に、また新しい豪華な料理の皿を運んでくるように――

「ごめんなさい、待たせて」

その美女は、実際、白百合を思わせる白衣姿のままで出てきた。

「本当に軍平さんにしか相談できないことですもの」

一週間前、同じ言葉で誘われて、軍平はとんでもない相談を受けていた。祥子が一カ月前に別れた夫の子を妊娠していることに気づいたというのだ。

(運が悪いのね。別れる一カ月前だったら他に方法があったと思うけど――私、あの人には何も知らせないで、一人で産もうと思うんだけど)

その相談の続きかと思ったが、祥子の口から出たのは意外な言葉だった。

「実は、軍平さんもここで会ったことないかしら、曲木レイって小学校一年の髪の長い女の子

――そう大人みたいに投げやりな目つきする子、あの子、一昨日誘拐されちゃったの」

「誘拐?」

「ええ、まだ新聞には出てないけれど……そのレイちゃんが誘拐されたこと、私にも責任があるの」

「というと?」

「一昨日の五時少し過ぎ、レイちゃんここで診察を待ってたの。剛原美代子って同じ小学一年生の子と一緒に。そこへ男の声で電話がかかってきたの。〝マルハチ・スーパーの剛原ですが妻が事故を起こしたので至急子供を帰して下さい〟って。混雑してた時だし、私慌てていて、剛原美代ちゃんとまちがえて、レイちゃんに〝お母さんが事故を起こしたからすぐに帰りなさい〟って言っちゃったの。知ってるでしょ、軍平さん、私がウッカリ屋だってこと」

確かに祥子には、美女には似合わない粗忽なところがあった。高校の頃にも、英語の試験の日に数学の勉強をしてきたり、軍平の眼鏡を冗談半分にかけてプールへ落ちたこともある。もっとも軍平、祥子のそんな所がたまらなく好きなのだが。

「でも仕方がなかったのよ。美代ちゃんとレイちゃん顔つきも背丈もよく似てるし、美代ちゃんのお父さんの剛原さんは、マルハチ・スーパー・チェーンの社長で、レイちゃんのお父さんは駅前のチェーン店の店長ですもの。おまけにあの日に限って、いつもすりきれたジーンズを着てるレイちゃんが、美代ちゃんのような豪華なドレス着てたんですもの。――それで、美代ちゃんの番が来て、私やっと気づいたの。急いでレイちゃんの家に電話したら、まだ家には戻っていないという返事だったわ。このビルを出たところで犯人が待ち構えていて、連れ去ったらしいのだけど」

「犯人も間違えたんですか」

「ええ、真夜中に電話があって、双児(ふたご)みたいに似てるからまちがえて拐(さら)ったが、今さらひっこむわけにはいかない、三千万円用意しろと言ってきたんですって。期限は明日の正午なの。それで私、これ――」

祥子はバッグから分厚い封筒をとり出した。新品の札束が覗(のぞ)いている。

「何とか二百万かき集めたの。三千万円には程遠いけど、このクリニック、借金で開いたばかりでしょ。これで精いっぱいだわ。私、今から曲木さんのところへ、これ持ってお詫(わ)びにいくつもりだけど、軍平さんについて来てほしいの。昨日謝りにいったら、曲木さんの御夫婦にさんざん怒鳴られちゃって。刑事さん達まで私の責任だって叱るんですもの。確かに私の責任なんだけど――」

軍平、誘拐犯を自分の手で捉え、子供ごとその夫婦や刑事に叩きつけたいほどの気持である。肯くと祥子はホッと息をついて微笑んだ。

あれから七年、三十前の若さで離婚という重すぎる過去を背負ってしまった祥子は、もうセーラー服のサッちゃんではない。大人びた物腰や目尻のかすかな皺(しわ)に人生の翳(かげ)りも染(し)み始めてはいたが、微笑だけは変わらない、唇をちょっと歪(ゆが)めた美女らしくないその笑顔を見る度、軍平の頭に入学式の桜吹雪が舞った。

外に出ると、真夏の夜に繁華街はネオンの色を干涸びさせて、駅へと流れている。駅の表側は目抜通りと高級住宅地になっているが、ガードを潜って一歩、駅の裏へ踏みこむと、貧民窟同様に、ごみの異臭の中で貧しい家が痩せたトタン屋根を低く這わせている。曲木の家はそんな貧民街の一郭のアパートだという。

「マルハチと言えば日本中に知れ渡ったスーパーでしょう。そこの店長ならもっとましな所に住めるはずですが」

「実は、警察から聞いたんだけど、曲木さん、この七月に、店の金使いこんで馘になったそうなの。競馬に狂ってサラ金に手を出して、その埋め合わせに副店長と二人で五百万近く使いこんだらしいわ。それでマンション引き払って最近そこへ引っ越したのよ。使いこみは自分の責任でしょうけど、弱り目に祟り目っていうのかしら、今度の誘拐でしょ。一万のお金も用意できなくて困ってるって話だわ」

祥子は不意に足を停めた。

「あの子——」

と呟いて、軍平の腕を引っ張り、電話ボックスの陰に隠れた。

「あれ美代ちゃんだわ。剛原社長のお嬢さん」

指さす方向を見ると、ケーキ屋が建っている曲り角の物陰で少女が泣きじゃくっている。祥子が異変を察知して隠れたのは、その少女が厭がるのを、無理にどこかへ連れ去ろうとしている風体の悪い中年男がいるからだった。赤い水着みたいな服を着た少女は、無理矢理抱きかかえようとする男の腕に必死に抵抗している。

「美代ちゃんよ、まちがいないわ、あの角を曲って坂道を上りつめたところがお家ですもの
――ねえ軍平さん」

祥子の声が硬ばった。

「あの男よ、きっと誘拐犯は。今度こそ本当に美代ちゃんを誘拐しようとしてるのよ」

「なるほど人相の悪い奴だ。風呂屋で見る指名手配書の男に似ている。そっと近づいて子供を助けましょう」

「でも刃物でも持ってそうだわ」

「大丈夫です。サッちゃんは子供を頼みます。男の方は僕が押える」

祥子は瞳を震わせてうなずいた。二人は二人三脚のように歩調を合わせて歩き出した。

二人の近づいた気配に、男はハッと顔色を変え、少女の腕を思いきり引き寄せようとした。

次の瞬間、とびあがった軍平の体から、片脚がロケットのように噴射した。男は身構える余裕もなく、むささびのように両脚を広げて三メートルも後方へふっとんだ。

「ふーっ」

大きく息を吐き出して軍平がふり返ると、祥子が少女をしっかり抱きしめている。

「せんせい、歯医者のせんせい」

少女も祥子の体にしがみついたが、ふと軍平を見上げると、笑顔がみるみる崩れ、顔中を口にして泣き出した。

「こわいーっ。せんせい、このメガネのオジちゃん誰？　このオジちゃん、どうして警察のオジちゃんやっつけちゃったの」

2

剛原社長の邸宅は、坂のてっぺんに広い夜空を背にして聳えたっていた。門灯が白亜の壁を古城のように浮かばせ、その白さは真夏の熱気を宵闇ごと大空に吹きとばしている。スーパーの社長、というより玩具王が道楽に建てた家といった印象である。

軍平が気絶した刑事を背負い、祥子が美代子を背負って、剛原邸を訪れると、シンと静まり返っていた家は大騒ぎになった。

軍平が倒したのは、今度の誘拐事件を担当している福井という警部補で、犯人の最初の狙いは剛原の娘だったから、剛原に個人的な怨みでも持っている人物かもしれないと考え、剛原邸を訪れていたのである。その帰りに美代子がひとり遊んでいるのを見つけ、家へ戻るよう説得していたところだった。

呼ばれた外科医の治療を受け、顎がはずれかけ、奥歯を一本折った警部補は蟹のような顔を包帯でグルグル巻きにされ、怪傑白頭巾のようになってしまった。柔らかく太っていて、後で聞くと柔道二段、応接間で対い合って座っていた軍平、投げ出していた脚を思わず引っこめる。

剛原は、こんな際に一人で子供を外へ出した妻を叱りとばし、白頭巾は、「坊主、警察の職権を荒すんやねえで」「俺がしゃがみこんでなかったら、その短い脚じゃ届かなかったやろうな」負け惜しみともつかずグチグチ大阪弁で言い、軍平と祥子、互いに庇いあってやたら頭を下げる。

「申しわけありません。無料で人工歯を入れさせてもらいますから」

「いや、僕の責任です。みんな僕が悪いです」

「ええ加減にせんかい！　プラチナの歯入れてくれるなら許したる。もう静かにしてくれ」

「本当に私が――」

「いや僕が――」

「うるせえ。これ以上俺を怒らせんでくれ」

と怒鳴りすぎて、また顎がはずれかかったらしい。刑事とわかっても前科何犯かのやくざとしかみえない顔を痙攣させ始めたところへ、また一人、男が凄まじい勢いでとびこんできた。三十五六か、痩せた貧乏くさい小男は、部屋に集まっていた顔ぶれに見向きもせず、剛原の座っているソファまで一気に駆け寄ると、そのままへなへなと座りこみ、剛原の足許に土下座の恰好になった。

「誘拐されたレイちゃんのお父さんよ」

祥子がそっと耳打ちした。

曲木は、下着のシャツのまま、そのシャツもズボンからだらしなくはみ出し、

「社長、お願いします。三千万円――三千万円貸して下さい。他に、もう他に頼める人は……明日の正午までに金をつくらないと、レイは、あの子は殺されてしまう。助けて下さい」

「庄造、お前、今朝から何回来れば気が済むんだ。これで五回だぞ。いくら頼んでも無駄だ。さっさと帰れ！」

剛原は紫地に、けばけばしい銀色の刺繡をほどこしたボクサーまがいのガウンに、金でつまったようにせり出した腹を包んでいる。土焼けした手にくゆらせているパイプがいかにも八百屋あがりの成金らしく、土から掘り出されたばかりの人参に見えた。そのパイプの灰が自分の肩にかかるのも気にとめず、曲木は舐めんばかりに剛原の脚にすがりつき、

「レイはお嬢さんの身替りになったんです。犯人も、金ができなければ社長に頼めと――他人の子の命に三千万も出せば美談として新聞で騒ぐから、マルハチの宣伝になるじゃないかと――借りるだけです。一生かかっても返します」

「お前の言葉などあてになるか。去年二百万使いこんだときも、もう二度と競馬はやらんと約束したくせに、今度は五百万も――刑事さん、私を恨んでる奴がいないかとお尋ねでしたが、こいつと柿内がそうですよ。こいつも柿内も暴力団まがいの暮しをしているのを、私が店に雇って更生させたんですが、先月共謀で今度は五百万も使いこんだんです。私も仕方なく馘を切ったんですが、その後酒場なんかで私の悪口を言いふらしていたそうです。外道の逆恨みもいいところだ」

「その柿内というのは？」

「こいつの下で副店長として働いてた男です。そうだ、まさかこいつが自分の娘をまちがえて誘拐するとは思えんから、犯人は柿内かもしれない、あいつも俺を恨んでるし、金に困っているし」

「いや柿内ではありません、社長はまだ犯人の声を聞いてないから――柿内の東北弁ならすぐわかるし、もっと若い声だし――それに嫌がる柿内を無理矢理唆かして、一緒に使いこませたのは私です。私一人の責任です」

自分の言葉に酔ったように曲木はすすり泣き始めた。実際酒でも呷っていたのか顔が赤い。鞣め し革のソファ、金ピカの置物、壁の猟銃や刀剣、大理石のテーブル、金持ちの所持品を全てぶちこんだようなその応接間では、曲木庄造の風采はいっそう見すぼらしく見えた。頭を床にこすりつけて懇願する曲木、というより一人の父親の姿に、祥子も思わず貰い泣きしている。

この愁嘆場は、延々三十分も続き、最後に業を煮やした剛原が、曲木を犬のように蹴散らして立ちあがり、

「どう頼もうと、お前にはビタ一文貸せんな。人違いだろうとあの子――いや、お前の娘が誘拐されたのはお前の責任だ。私には何の関係もない。人間には幸運な奴と不運な奴がいる。私が幸運で、お前が不運なのは今さら始まったことじゃない。それにお前は自分の不運を自分で造っていることに気づいておらんのだ」

「しかし、レイが――犯人は二度も電話口で銃声を響かせて、まちがいなく殺す気です」

「先月、今後はどんな事が起ころうと、俺とお前は赤の他人だと言ったはずだ。俺は知らん。

後は警察の人に頼め」

ドアを叩きつけて出ていった音で幕切れとなった。

「ともかく家へ戻って情勢を見ましょう。警察でも全力を挙げて犯人の行方(ゆくえ)を追っているのですから」

蟻のように小さく背を丸めて泣き崩れている曲木を、白頭巾が起こし、ガックリ落ちた肩を庇いながら出ていった。

祥子は曲木に金を渡すためにバッグを開きかけたが、おいおい声を出して泣いている曲木にとりつく島もない。

二人が出ていくのを追いかけるように、祥子も軍平も応接間を出た。

土間におりてズック靴をはきながら、軍平ヒョイとしゃがみこんで上がり口に眼鏡をこすりつけていたが、奥から剛原の妻が出てきたので慌てて立ち上がり、

「これは御家族の肖像画ですか」

靴箱の上に掲げられた大きな画に話題をむけた。

「ええ、宮本画伯に描いてもらいましたの」

肖像画と同じ、ツンと澄ました表情で言った。豪華な肖像画で、皆裕福そうな顔をしているが、画の下に置かれた花瓶の花が、枯れたまま放り出されているのが、画の裏に潜んだ、この一家の寒々としたものを暴(あば)いているようである。

肖像画には四人の人物が描かれている。剛原夫妻と娘の美代子、それにもう一人、大学生ぐ

らいの坊ちゃん面の若者――

「これは息子さんですか」

「ええ、今、大学が休みでアメリカへ遊びに行っておりますの。それが何か」

「いえ、別に」

「何もないならもう帰って下さい。私共も疲れておりますから」

急に不機嫌になって軍平達を追い出した。外はすっかり夏の夜が落ち、クーラーで冷えきった体に、どっと汗が噴いた。庭の植えこみの一隅に、広いガレージが見え、リンカーンが一台ポツンと置かれている。その豪華さに見とれていると、植えこみの陰の犬小屋からスコッチテリヤがヨロヨロと近づいてきて、軍平の体によじ登ってきた。友達でも見つけたように軍平の髪の薄い頭をペロペロ嬉しそうに嘗めたが、夏バテなのか、痩せ細り、どこか元気がない。餌用の器が、空っぽで投げ出されていた。

門を出ると、坂にもう白頭巾たちの姿はなかった。

「あの容子では、曲木さん、一万も用意できていないみたいだわ。今からこれもっていけば少しは慰めになるかもしれない。私、剛原という人に腹が立って、このお金叩きつけてやりたかったわ。あんな何億もしそうな家に住んでるなら、三千万ぐらい楽につくれるでしょうに」

「そのお金、持っていくの明日にしましょう。明日は医院の方、休みだと言ってましたね」

「ええ、でも何故？」

「お金の期限だという明日の正午に、曲木の部屋で何が起こるか、この場に居合わせて見てみたいんです」

「どうして？」

「今の剛原社長の家、ちょっと変でしょう？　あんな大きな家なのに、お手伝いが一人もいない、いやそれも最近、辞めたようです。玄関の埃のたまり具合や花の枯れ方からみて――それに犬にもしばらく餌を与えてないようです。可哀相に」

「そう言えば七月までは三十五六歳のお手伝いさんが美代ちゃんを送り迎えしてたけど、夏休みに入ってからは、ずっとさっきの奥さんがリンカーンで送迎するようになったわ」

「それにあの広いガレージもリンカーン一台には広すぎます。最近までもう一台あったんじゃないでしょうか。たぶん息子の外車がね。ああいう金持ちの坊ちゃん学生は、決って外車を乗りまわしたがるから」

「息子は渡米中って話だったわね」

「まさか車ごと海外旅行とは思えないし、それに息子の話になったら急に迷惑そうになったでしょ、あの奥さん」

「ねえ軍平さん」

　祥子がふと真顔になった。

「私、あの応接間でずっと考えてたんだけど、レイちゃんが無事に帰ってきたら、お腹の子を産もうと思うの。偶然とは思えないのよ。私のお腹の子も、今レイちゃんと同じように命を危険に晒してるわ。私の意志と、誘拐犯の猟銃は同じだわ」

「それが、いいよ」

軍平、思わず言葉が一昔前の馴れ馴れしさに戻ったのに気づくと、坂に寄り添って伸びている二人の影に自分から距離をおいた。自分の影を踏みつけながら、この時、軍平、七年前の卒業式の翌日、祥子に出した手紙を思い出していた。〝北海道へ旅立つ前にもう一度逢って下さい〟それで祥子の全部を諦めるつもりで、勇気をふり絞って出した最初で最後の手紙だった。その返事はすぐに届いた。〝さようなら、軍平さん〟たった一行の、空白だらけの便箋だった。その空白には、軍平への本当の気持を書いて、軍平を傷つけたくないという祥子の優しさがあった。

「それがいいです。それが一番いいです」

軍平は自分に言い聞かせるように、何度も同じ言葉を答え続けた。

3

翌朝九時半に、二人は祥子の医院で落ち合った。日曜日の誰もいない待合室で、祥子は純白のノースリーブのワンピースを爽やかにまとって、三十分も遅刻した軍平を待っていた。

「スイマセン。剛原邸の近所で刑事ごっこをやってたんです。でもたくさん情報を仕入れてきましたよ」

剛原邸の裏口と向き合ってクリーニング店がある。そこの主人が男のくせにお喋りで、軍平が警察の者だというと訊かないことまでペラペラ喋ってくれた。

軍平の想像は的っていた。数年住みこんでいた飾口タエという女中が、ほんの半月ほど前突然辞めたという。そのタエはクリーニング店の女房と親しくしており、剛原家の内情についていつも愚痴をこぼしていたらしい。

剛原夫妻の仲は良くなかった。夫は毎夜のようにキャバレー回りをし、妻の房絵も去年からホストクラブに通うようになった。口喧嘩はしょっ中だった。房絵は息子の朝広を溺愛し、それに対抗するように夫の銀三は一人娘を盲目的に可愛がった。

我儘いっぱいに育った息子の朝広は、これも軍平の想像通り、アルファロメオを乗りまわし、高校の頃から暴走族まがいの不良達とつき合いがあり、両親のいない留守に仲間を集めて乱交パーティらしきことまでしていたらしい。こういう息子は当然だが、過度のマザーコンプレックスで、父親には何事につけ反抗的で、タエが辞める十日程前には、恐ろしい見幕で暴れ出し、父親に殴りかかっていったこともあったと言う。

タエは辞める理由をクリーニング店の夫婦には言わなかったが、別れの挨拶に来たときの印象では、かなりの退職金を貰って、はっきりした理由もわからないまま一方的に解雇された容子だった。

「しかも息子の姿を見かけなくなったのが、ちょうどタエが解雇された頃です。アメリカへ遊びに行ったとは初耳だとクリーニング屋は言ってました。どうもその息子のことで外聞を憚ることがあってタエを辞めさせたように思うんですが」

「本当。たしかに何かありそうだわ。でもその事とレイちゃんが誘拐された事と何か関係があるのかしら」

「さあ――ただ剛原と曲木夫妻の面白い関係がわかりましたよ。タエの前に住みこんでいたスミ代って女中が昨日見た曲木の奥さんらしいんです。今は駅前のスーパーの奥さんにおさまっていると言ってたのでまちがいないでしょう。しかもです、スミ代は曲木と結婚するために剛原邸を辞めたそうですが、それが今から八年前で、ちょうどその頃、剛原房絵はスイスに半年ほど行っていてむこうの病院で産んだと言って赤ん坊の美代子を連れ帰ったらしいんですね」

「軍平さん、何を考えてるの」

「サッちゃんが今考えてるのと同じです」

「美代ちゃんが剛原と曲木スミ代の間にできた子かも知れないってこと?」

「そうです」

「でも今誘拐されてるレイって子、美代ちゃんと同い年なのよ」

「だからスミ代は、運悪く双生児を産んだのではないかと思うんです。剛原は自分の不始末を、将来の生活を保障するという条件でもつけて、部下の曲木に押しつけたんじゃないでしょうか。その時二人とも押しつけるのはいくらなんでも曲木に悪いと思って、一人だけ自分の家にいれることにしたんじゃないかと――二卵性双生児なら顔もかなり違うし、世間に知られる心配はないですから。剛原の奥さん、美代ちゃんが戻ってきても大して嬉しそうに見えなかったし、それに昨日、剛原は曲木レイのことをあの子という呼び方をしましたよ」

「でも——でもレイちゃんが本当は自分の子だったなら、何故剛原は身代金の三千万を曲木夫妻に貸さなかったのかしら」

「レイの命より、レイが、自分が昔女中に産ませた子だとばれるのを怖れたんでしょうね。あいう成金は、やたら世間体を憚りますから。曲木の方もあの場では、その事に触れるわけにはいかなかったんでしょうね。七年間も一緒にいれば本当に自分の子供のような愛情も感じてるんでしょう。曲木も今更自分の子供ではないと世間が知るのを恐れる立場です」

「昨日私たちが見ていた裏で、剛原と曲木の間には、顔に出せないたがいの思惑があったわけね」

「ええ——ともかく剛原と曲木には何か特別な関係があることは事実でしょう。昨日、剛原が、曲木は二度も使いこみをやったと言ったでしょ？　剛原ほどのケチな男なら、一度目で馘を切っていたはずです。それを一度目は見逃したというのは、曲木に対して、なにか弱味があるからなんです。——サッちゃん、剛原美代子の生年月日がわかりませんか」

「わかるわ」

祥子はケースからカルテをとり出した。

「たしかに七年前ね。四月六日——」

「曲木レイの方は？」

「ええと——あら困ったわ。インクが広がって十日としかわからないわ」

「ともかく出かけましょう」

　曲木の住んでいるアパートは、美麗荘とは名ばかり、トタン屋根にさえ押し潰されそうなアパートである。一階の裏路地に面した部屋。路面と室内が薄いドア一枚で隔てられている。二間の部屋は、足の踏み場もなく散らかり、土間のポリバケツから溢れ出たゴミの異臭に、夏の朝の光さえ暗く見えた。

　二人が訪れたとき、曲木はまた剛原邸へ借金を申しこみに行っていて留守だった。刑事達の中に白頭巾の顔も見えた。白頭巾は入ってきた軍平を睨みつけ、曲木の女房は祥子の方を、恐ろしい形相で睨み、横を向いてしまった。

　若い頃は豊満だったに違いない肉づきも今はたらんと掛けたエプロンのようにだらしなく、油照りした髪も、いかにも世帯の苦しさに窶れている。知らんふりのその顔は、だが、祥子が事情を説明して、二百万をさし出すと急に相好を崩し、

「いえいえ、先生の責任だけじゃございませんよ」

　二人をあげると、刑事達を押しのけて座る場所をつくり、麦茶まで出してきた。

　部屋のまん中の卓袱台に電話機と、盗聴装置がものものしく置かれている。昨夜、二度目の連絡が犯人から入り、正午までに金を揃えないと必ず娘を殺害すると再警告してきたという。

　他の住人に悟られないよう、窓を閉めきっているので蒸し風呂の暑さである。軍平はすぐに流れ出した汗を腕でぬぐった。祥子が真っ白なハンカチをそっと渡してくれた。その白さに軍平、七年前の祥子の手紙の空白を思い出し、汗より涙をふいている気がした。

「レイちゃんの誕生日はいつでしょうか」

祥子が何気なく、曲木の女房に聞いた。

「四月十日ですけど、それがなにか？」

「私ちょっと占星術――星占いに凝ってるんです。四月十日なら、牡羊座だわ。今週牡羊座には守護神の火星が接近します。何か悪いことが起こるけれど、最後には無事解決して今まで以上の幸運が舞いこむんです。レイちゃん、きっと大丈夫ですわ」

祥子の目配せに、軍平も目だけで肯く。四月六日と十日。病院に金を積めば、四日ぐらい出生月日をずらすことはできるはずだ。ただこの時、祥子の顔色がわずかに曇ったのが軍平の気にかかった。今の言葉は嘘で、牡羊座の運勢はよくないのか――

「歯科医院の先生」

突然、白頭巾が口をはさんだ。

「私も四月十六日やから牡羊座や。というと、私の運勢も、禍い転じて福となるですな。そういえば昨日この人に歯を一本折られてとんだ目にあったと思うてたが、おかげで先生に人工歯を無料で入れてもらえることになった。どうせ今年中には抜かにゃならん歯でした。いやあ、その星占いはよう当る。レイちゃんも絶対、大丈夫や」

本気でそう思っているのではなく、曲木の女房を慰めるつもりだろう。顔に似ず、人の好い性格のようである。

その白頭巾から、軍平は、初めて犯人が二人組らしいことを聞かされた。目下のところ犯人達の手懸りは、レイが祭りの交番で婦警に語ったわずかな言葉だけである。

「そんな狂暴な犯人なんですか」

犯人達がレイを、猟銃で殴りつけたという話を聞いて、祥子は唇を両手で覆った。

「いや、レイちゃんが嘘を言うたかもしれんので——その若い婦警さんが言うには、なんでも顔を殴られて鼻血もいっぱい出したとレイちゃんは言ったそうやが、顔にもドレスにもそういう痕跡はなかったそうやから」

「なぜレイがそんな嘘を言うんですか」

母親が、険しい目で聞いた。

「いや、レイちゃんに、犯人がそう嘘をいえと命じたのかもしれんので——凶悪そうに装ってるだけかもしれまへん」

そこへ曲木が戻ってきた。肩を落とし背を曲げ、昨日よりいっそう惨めな姿だった。

「あなた、どうでした？」

顔を見ただけで返答はわかる。女房は諦めたように聞いた。

「話にもならん、玄関払いだ」

気弱そうな顔が、今にも泣き崩れそうだが、それでも女房から、祥子が二百万持参したことを聞くと、その顔に一筋の光明が点った。札束を握りしめると、拝まんばかりに頭を下げた。

「ありがとうございます。この金は——この金は必ず返させてもらいます」

ポケットからハンカチをとり出して目をぬぐった。

「地獄に仏とはこのことです。今は一万の金でも有り難いのに二百万も――恥ずかしい話ですが、今の私達には二万のお金も借りるあてがないのです」

ハンカチをとり出したとき、ポケットから一連の手紙が畳に落ちた。封筒の表に左手で書いたようなたどたどしい筆蹟(ひっせき)で宛(あ)て名が記されている。軍平が気づいて曲木に渡すと、慌ててポケットにねじこんだ。

「全く見ず知らずの他人様にこんな厚い情があるというのに、剛原の奴――あいつは血も涙もない鬼だ」

「いざとなればその二百万を上にして、あとは新聞紙でごまかせばええやろ。ともかく犯人がどう出てくるかや。零時の電話を待ちましょう」

その白頭巾の声で、皆思い出したようにいっせいに柱時計を見上げた。

十時三分――振り子の音が、緊張の漲(みなぎ)った空気を容赦(ようしゃ)なく切り刻んでいく。誰も喋ろうとしない。軍平も流れ出る汗を忘れた。

十分もするとまず女房がたまらなくなったように夫にすがりついた。

「じっとしてても仕方がないわ。あなた、もう一度だけ社長に頼んでみて――そうでないとあの子本当に……」

「ムダだ。もう社長のことは諦めろ。赤の他人なのだ、もう俺達とあいつは……」

「でも命がけで頼んでみれば、あの人だって」

「もう何も言うな！　あの社長のやり方はお前より俺の方がよく知っている」

だが十時半を回ると、その曲木も我慢できなくなったようだ。腹の中に膨れきった怒りを「ううっ」と呻り声で吐き出すと、獣のように電話機にとびついた。ぶるぶる震える指でダイヤルを回す。

「あなた、どこへ……」

「社長のところだ。もう一度だけ頼んでみる――あ、奥さんですか、私です。もう一度だけ社長と……お願いします。もう一度だけ社長を……あ、社長ですか、お、お願いします。三千万円、いや一千万でも……今度こそ、心を入れかえて働きますから……一生かかっても返します、私の命だってさしあげます」

しばらく黙って相手の声に耳を傾けていた容子だった曲木が不意に語調を荒げた。

「畜生、それでもあんたは人間か、あんただって人の子の親だろ、前に何かの雑誌に、息子がケガをした時の話を書いてたじゃないか、三日間寝ずに看病したと、親が子を思う心ほど尊いものはないと――あんただって自分の子供が可愛いだろう、それならわたしの気持も少しは……あ、あんたも自分の子供が……」

怒声はやがてぶつぶつと小声の愚痴になり、曲木はガックリと肩をおとした。

軍平と祥子は顔を見合わせた。〝あんただって自分の子が可愛くないのか〟と曲木は数度、受話器にむけて言っている。刑事達の耳がある手前〝レイはあなたの子じゃないか〟と言いたいのを、婉曲に訴えているのに違いない――

うなだれていた曲木は、しばらくして受話器を置いた。最後の懇願も拒絶されたのだ。小さな金属音が事態の決着をつけたように聞こえた。それを機に柱時計の振り子の音が高まったように思えた。

全員黙って一台の電話機を見守った。黒い電話機は全員の緊張した沈黙を吸収して、ふくれあがっていくようにさえ見える。

路地で子供たちが西部劇ごっこでも始めたのか玩具の拳銃をパチパチさせた。曲木は両耳を押えた。犯人が受話器の底で響かせた銃声を思い出しているのだ。

時計の振り子も、娘の生命の最後の動悸(どうき)をうち始めている。

またたく間に、一時間が過ぎ、外回りをしていた刑事達がぞろぞろ戻ってきた。収穫は何もない。犯人の指示を待つほかはなかった。

「電話の話をひきのばして下さい。お金は二千万まで用意したが、もう少し待ってくれれば全額つくれそうやと嘘言うて」

そう言うと、白頭巾は、もう何度目かに、掛け時計を見上げた。

あと十三分——

振り子の動きが慌ただしくなった。

その時である。ドアの開く音がした。全員いっせいにふり返った。真っ赤なポロシャツを着た巨体が狭い土間を圧して立っていた。

——剛原だった。

曲木の顔が歪んだ。

「あ、あんた、今頃、どの面さげて……」

思わずとびかかろうとするのを二人の刑事が止めた。

「チ、チクショウ、帰れ！　帰ってくれ！　お前のような極悪人はこっちの方で縁切りだ、さっさと……さっさと帰れ」

「曲木――済まなかった」

剛原は、その恰幅とふてぶてしい面構えには似合わぬ蚊の鳴くような声を出した。

「こ、これを持ってきた――お前の気持に負けた、さっき電話で……ワシは仕事の鬼になりすぎていたんだ。だがワシだって子供の父親だ。君の気持はわかる――許してくれ」

「社長――」

剛原の急変ぶりに、茫然としていた曲木は手渡された鞄のチャックを震える手で外した。一万円札の束が床に転がり落ちた。それを拾おうとして身を屈め、曲木はそのまま剛原の足許にひれ伏した。

「社長、ありがとうございます」

「いや、いい――ワシもお前も、同じ父親という立場だ。ただこの金はあくまで貸してやるものだぞ。一生かかっても返すといった言葉を忘れず、今度こそ本当に心をいれかえろ」

「わ、わかりました」

曲木の女房も、亭主にあわせてしきりに頭を下げる。

「じゃあ、ワシはこれで。あの子――いや娘さんの無事を祈っている」

「待って下さい、もう犯人から電話がかかってくる時刻です」

「ン？」

剛原がふり返ると同時に電話のベルが鳴った。曲木の手からまた札束がすべり落ちた。刑事達はあっという間に所定の位置を占めた。一人が盗聴器のレシーバーをとり、テープが回転を始める。軍平も思わず息をのんだ。

白頭巾の目配せで、曲木は恐る恐る手を受話器に伸ばす。一瞬ためらってから思いきって受話器を外した。

「もしもし、は、はい、金は用意できました。レイは無事ですか……は、はい……はい……一時、上野のサンホール……わかりました。レイを出して下さい……レイか！　お父さんだ、もう大丈夫だ、何も心配いらんからな、あと少しの辛抱だ」

「レイちゃん、お母さんよ、元気？」

女房も思わず受話器にしがみつく。だがすぐに相手は電話を切ってしまったようである。

曲木が受話器を置く前に、部屋の隅に用意された電話局との直通電話が鳴った。刑事の一人がそれにとびついた。

「なに？　練馬？　練馬という以外はわからんのですな」

逆探知は失敗したようである。テープが巻き戻され、スタートした。電話のベル——もしもしという曲木の声が再現された。

「俺だ」犯人の声が始まった。「金は用意できたか——ああ——金の受け渡し方を告げる。今からすぐ上野駅西のサンサン・ビル七階のサンホールにむかえ。そこで奇術ショーが開かれている。一時にミルキー麻川というマジシャンがいろんな品物を消すマジックをやる。最後にミルキーが客に手を挙げさせて、客の持物を消してみせる。最前列に座っていて、その時手を挙げてミルキーに三千万円を渡せ。マルハチ・スーパーの紙袋に金は入れておけ。手を挙げるのは奥さんにさせろ。ミルキーに渡したらそれで終りだ。まちがいなく子供は帰す」

ハンカチで受話器を押えているのか、闇のカーテンのむこうから聞こえてくるような暗い声である。抑揚を殺すためだろう、機械的な棒読みで早口に喋り続けるのが不気味だった。最後に「お父さん、助けてえ――」少女の叫び声になり、電話のきれる音――

「おかしな指示やな。一時か――急ぎましょう。時間がない」

立ちあがった曲木は、思い出したようにふり返ると、まだ土間に突っ立っていた剛原に、

「社長、ありがとうございます。今の――今の犯人の声を聞いてくれましたか。まちがいなくレイを帰してくれると――」

言いながら、手で目の涙をぬぐった。

4

途中の交通渋帯で時間が遅れ、上野のサンホールにとびこんだ時は、既に一時を回り、ミル

キー麻川のショーも終りに近かった。

夏休みで子供連れが多く、広いホールはかなりの混雑だった。最前列に席がないので曲木夫妻は仕方なく中央通路の一番前にしゃがみこんだ。軍平と祥子は舞台袖に近いところに立ち、ちょっと離れて剛原、刑事達も客席の方々に散らばった。

ショーはクライマックスを迎えたようである。暗い客席から白い照明で浮かびあがった舞台の中央にテーブルが置かれ、ガラスの箱が載っている。ミルキー麻川は黒のタキシードを粋に着こなし、どこかから一羽の白鳩をとり出すと、それをガラスの箱に入れた。

童顔の、手脚が棒のようにピンとしてピノキオを思わせる魔術師は、指だけをしなやかに舞わせ、白布をガラス箱にかぶせた。ワン・ツー・スリーの掛け声で白布をとると、あるのはガラスの空間だけ、中の鳥は跡かたなく消えている。また白布をかけてとると、消えたはずの鳥が今度は数羽に増えた。ミルキーは蓋をひらき、その鳩を全部、場内に放った。

拍手がパラパラと起こる。「同じことばっかし」軍平の近くの子供が欠伸を嚙みしめていう。舞台をかけまわっている喧噪いハンガリー舞曲のせいで客の反応がわからないらしいミルキーはひとり恍惚とした表情で、

「ではアンコールに応えまして……ええ次はお客さんの持ち物を消して進ぜよう。誰方か手を挙げて。借用証、夏休みの宿題、キャバレーのマッチ。持ってて損になるものは何でも消してあげるよ、さあ、どうだ！」

叩き売りのような声に、あちこちで手が挙がったが、それより前に、曲木の女房がとび出し

て舞台に大きな紙袋をさしだした。

「おやスーパーの紙袋？　ははん、この重さだとキャベツかな。最近はキャベツも高いからね。このまま消して家へ持ってったら、カミさんに喜ばれらあ。あんにゃろ、物価のことばっか心配してやがるから。じゃあ消すよ」

紙袋をガラスの箱にいれ、白布をかぶせ、ワン・ツー・スリー。さっきの鳩のように紙袋は完全に空中分解してしまった。どう見ても空気しかない。軍平、思わず舞台の袖に寄り、かぶりつきの恰好になると、

「そこのメガネ君。そんなに信用できないなら、ここへ来て、中へ手を入れてみればいいや。消えたキャベツの手触りは格別だい」

軍平、言われた通り舞台へ上がってみた。手を箱に入れても、確かに何の手応えもない。何もない空気の手応えがこんな気味の悪いものだとは思わなかった。異次元に手が吸いこまれていくような気がして、思わずひきぬいた。

「では、また取り出します」

軍平の目の前で、白布をかぶせて、それを剝ぐと、紙袋が何事もなかったように再び現われた。またパラパラと拍手。

ミルキーが冗談半分に、紙袋の中を覗いた。

「やっぱしキャベツだ。それも二個——奥さんとかあ金持ちだ」

中からキャベツをとり出して、高くかかげて見せた。ドッと笑い声が起こる。たしかに——

たしかにキャベツである。軍平まだマジックの続きかと思ったが、それにしてはミルキーの気配がおかしい。

「も、もう手品は終ったんですか」

「そうだよ、どうかしたかい」

軍平、ミルキーの手から紙袋を奪いとり、慌てて逆さに振った。紙袋から、キャベツがもう一つ舞台に転がり落ちた。あとは丸めた新聞紙だけ——

「ど、どうやって三千万円をキャベツに変えたんですか！　さっきまでこの中には三千万円入ってたんです」

「お若いの、からかっちゃいけない。手品師を騙(だま)すと三代祟(たた)りますぞ」

からからと笑い出したミルキーが急に黙りこんだ。刑事達が舞台に駆けあがってきたのだ。そのひとりが警察手帳を見せると、

「アウ」

ミルキーは白目を剝(む)いた。

五分後、奇術道具で埋った化物屋敷のような楽屋は大騒動になった。

「どんな事があってもあの手品の種は教えられないね」

ミルキーは首をふり続けた。愛敬のいい顔に似ず頑固な性格らしい。

「誘拐事件の共犯者だと思われたって教えないネ。警察が怖くて手品がやれるかってんだ——こちとら江戸っ子だい」

「あのう、簡単なことじゃないでしょうか」

軍平が、おずおずと口を出した。

「最初から紙袋の中に金が入ってなかったと考えれば……そうでしょう曲木さん、あなたアパートを出てから一度また戻りましたね、忘れ物だと言って。あの時、紙袋の中の金をキャベツにすり替えたんでしょう? 本当の取り引き場所は、警察も誰もいなくなったあのアパートだったんじゃないですか」

頭を抱えこんだ曲木は、やがて、

「ス、スミマセン――」

ポケットから、今朝軍平もちらりと目にした封筒をとり出した。

「今朝、犯人から郵便でそれが届いたんです」

封筒の中には一枚の写真が入っていた。奇妙に細長い。ヒョットコの面をかぶった男が少女を抱き、その少女のこめかみには銃口があたっている。写真は下半分が切りとられているらしい。男は胸から上だけ、少女も上半身である。背景は、何もない。

犯人は二人組だというから、その一人が撮ったものだろう。

「写真と一緒に、この便箋が」

曲木がさし出した便箋には、

〝正午にかける電話は、警察むけの芝居だ。電話では上野のサンホールへむかえと指示するが、紙袋には刑事にわからぬよう雑誌でも詰め、金は同じ紙袋に入れて、部屋に残しておくこと。

部屋の錠はかけておくな。この命令に背けば、即刻、娘を殺す〟と、無表情な活字に似た文字が並んでいる。

「なぜ、その手紙を見せんかったんですか。そうすれば、何か手を打てたやろに」

「しかし、それだとレイが……」

曲木は、写真を握りしめた。剛原が背後からその写真と手紙を喰いいるように覗きこんでいる。写真のレイは、確かに曲木庄造と似ていない。

「至急、アパートへ戻らんと」

「ざまあみろってんだ。三千万円を、キャベツにできるなら、銀行ごと八百屋に変えてやらあ」

ミルキーの声を背に楽屋をとび出し、一時間後、一行はアパートに戻った。部屋に入るとまず、曲木が立ち竦(すく)んだ。電話機の傍に、紙袋が置かれている。中には三千万円の札束が手もつけられず、そっくり残っていた。

白頭巾が何か言おうとした声を、電話のベルが、カン高く制した。

犯人からだ——皆そう直感したのか、正午の時と同じ態勢が直ちにとられた。

曲木の緊張した手が、ゆっくりと受話器をはずした。

5

電話は犯人からだった。

アパートの近くまで行ったが、人目がありドアに近づけないまま、引き返したということだった。

次の連絡が、夜の八時だというので、軍平は、祥子を外に連れ出した。

「どこへ行くの」

「新宿です。剛原家に住みこんでいた飾口タエが、今、新宿西口の食堂に勤めているとクリーニング店で聞きました。会って僕の想像を確かめたいんです。レイと美代子が双生児で、本当に剛原と曲木スミ代の間に出来た子なのかどうか」

新宿駅の裏小路で迷っているうちに、夕立に見舞われた。煙をあげて降りしきる雨の中を探しまわり、やっと目的の小料理屋を見つけたが、タエは六時にならないと来ないという。

近くの喫茶店で時間を潰(つぶ)し、店に戻った。

飾口タエは、絣(かすり)の着物の似合う、地味な女だった。

軍平が、剛原美代子の学校の教師で、美代子が出生のことで最近悩んでいるので、詳しい話を聞きたいというと、最初口ごもっていたタエは、やがて仕方ないといった容子で喋り出した。

軍平の想像どおりだった。剛原美代子の本当の母親は、曲木スミ代だった。

ただタエも、その事実を知ったのは、辞める一週間前の晩であった。その夜、剛原と息子の朝広が大喧嘩をした。剛原が、息子の女遊びを詰ると、息子がカッとなり、

「お前こそ、女中に手をつけて美代子を産ませたじゃないか。知ってるんだぞ、俺は全部」

怒鳴りちらした。

剛原も妻も必死に否定したが、タエは息子の言葉が真実だと感じた。

息子がアメリカ旅行に出かけたという話は知らない、とタエは言った。

「家出でもしたんでしょうよ。私が辞める前の晩も、こんな家こっちの方で出てってやるって騒いでましたから。もっと確かな証拠を握って、美代子嬢ちゃんの出生の秘密を世間に公表してやるって、そりゃすごい見幕で」

目を伏せていたタエは、ここで何かに思い当ったように、ジロリと軍平を睨み、

「ねえ、あんた本当にお嬢ちゃんの教師？　あんた、本当は坊ちゃまの友達じゃないの。坊ちゃまに頼まれて、お嬢ちゃんの出生の秘密をさぐってんじゃないの」

「そ、そんな」

「あんたの髪の匂い、さっきから気になってたんだけど坊ちゃまのと同じよ。朝広坊ちゃまから借りたんでしょう？　貧乏くさいあんたに、あんな舶来のトニックが買えるわけないじゃないのよ」

軍平の薄い髪を吹きとばすような大声を出した。

これは以前、ボディガードをしていたファッションモデルから貰ったものだという弁解が上手く口に出ないまま、軍平、逃げるように店を出た。

タエに顔を知られているので、店には入らなかった祥子に、タエから聞いた話をくり返しながら、二人の足は自然、駅へ戻った。

駅のホームで、祥子は、レイが無事戻ったときにやるつもりなのか、たくさんお菓子を買った。すぐに曲木のアパートに戻るのもおかしな中途半端な時刻で、二人は何となしにホームの人混みに押されながら、突っ立ち、何台も電車を見送っていた。

「偶然ね、ここ私が七年前、軍平さんにふられた場所」

「はあ」

祥子の声が、あまりに自然だったから、軍平つりこまれて肯き、次の瞬間、眼鏡から目がとびださんばかりに驚いた。

「私ね、あの日五時間待ってたのよ。でも軍平さん、とうとう来てくれなかったわ」

「いったい何のことですかあ」

「忘れたの？　ほら私が北海道へ行く前、軍平さん、もう一度逢いたいって手紙くれて、私返事出したじゃない。大学出て軍平さんのお嫁さんにしてくれるなら、このホームで待ってて下さいって」

「な、なんの話ですか。あの返事には、さようならと書いた便箋が一枚だけ」

「嘘よ、私、ちゃんと二枚」

と言いかけて、今度は祥子が、あっと目を見開いた。

「軍平さん、本当に一枚だけだった？」

「ええ、悲しいぐらいただの一枚」

「いやだわ」祥子は口を両手で覆い「私、またやっちゃった。一枚入れ忘れたのよ。最初の一枚にはちゃんとそう書いて――」

まるい目で顔を見合わせ、だがすぐに別々の方向へ視線を外らした。たがいにどんな顔を相手に見せればいいかわからなかったのだ。七年前、小さなミスで二人は共にふられたと思いこみ、傷つき合っていたのか――軍平は不器用に眼鏡をずりあげ、祥子は意味もなく小指の爪を嚙んだ。

「私、軍平さんのこと本当に好きだったのに」

「サッちゃん、ダメだ！」

軍平は、思わずそう叫ぼうとした。サッちゃんが、こんなことを言い出してはイカンのだ。サッちゃんは俺の手の届かない所に、夢みたいな遠い所にいなくてはイカンのだ。髪の薄い、野暮ったい眼鏡の、どんぐり目の、ガニ股の、こんな男を好きになってはイカンのだ。俺の思い出のなかで、桜吹雪を浴び、俺なんか完全に無視して、ちょっと淋しげに微笑んでなくてはイカンのだ――だが、それなのに今、祥子の顔は、軍平の目の前にあるのだ。軍平が手を伸ばせば、どうにでもなりそうなすぐ近くに祥子の体はあった。軍平が、夢の中でしか知らない髪の柔らかさ、一本一本の曲線の美しさ、どうしようもなく、完璧な俺の幾何学――チクショウ！

「冗談だと言って下さい！」

思わず大声で怒鳴っていた。人ごみの顔がいっせいにふり返った。発車のベルが鳴り、都心の駅は、騒々しい現実のまっ只中で、電車は、どうでもいい方向に走り出そうとしていた。軍平は無性に腹立たしかった。電車の去った後に、小雨と暮色に煙って信号機が点滅している。赤と青の二色は、共に美しい光を放ちながら、だが決して両方、同時には点らなかった。

「そうね、七年前のことなんて悲しい話だって笑い話にしかならないんだわ。私もう星占いなんてやめます。山羊座と乙女座は幸福になれるはずだったけど——当らないわね。レイちゃんだってこんなことになったし」

軍平はふと、今朝、祥子が曲木の女房にレイの誕生日を聞いて、顔を曇らせたのを思い出した。

「ああ、あの時は、牡羊座の神話を思い出したの。金色の羊が殺されかかっていた哀れな兄妹を助けようとして空へ運ぶ途中で、妹のヘレーが海に落ちて死んでしまう話——いやな予感がしたの。星占いがはずれて、その予感の方が当ってしまったら、どうしようかしら——軍平さん、どうかしたの」

不意に黙って考えこんでいた軍平は、祥子の声に我に返り、

「いや、ちょっと——それより、あのアパートへ戻りましょう」

七時半に美麗荘に着き、ドアをあけると同時に、電話のベルが鳴り、部屋にいた者たちは、

入ってきた二人など無視して、すぐに電話機をとり囲んだ。

「本庁からです」

曲木は、受話器を白頭巾に渡した。白頭巾は、受話器を握り、

「なに！」

一声叫ぶと、急いで受話器を置いた。

「レイちゃんと犯人らしい男が見つかりました。今、病院です」

「病院？」

「隠れ家で火事が起こったらしい。犯人もレイちゃんも相当非道い火傷を負ったようです」

「レ、レイの命は？」

曲木と剛原が、顔色を変え、同時に尋ねた。

「まだわかりません。ともかく病院へ駆けつけないと――」

6

犯人が隠れ家に使っていたのは、都の外れに近い、住宅地の一軒であった。他の家から一軒だけポツンと離れ、丘の陰を選ぶように建てられたその真新しい家は、ある大手会社の重役のものだった。一家全員が、夏の休暇を利用して欧州旅行に出かけている。その留守宅を、何か

の事情で犯人が知り、隠れ家に利用していたのだった。

火事を見つけたのは、偶然近くを通りかかったパトカーだった。

一階の雨戸から白煙が洩れているのを見つけた警察官が、玄関を押し破ると、既に一階は火の海であった。二階に人の気配があるが、階段にはもう火がまわっている。外から屋根によじ登り、窓を破った。二階にも既に煙がまわっている。階段の上に、男が倒れ、その衣服は半分燃えていた。階段から下へ降りようとして火に呑みこまれたらしい。少女は体を縄で縛られ、窓辺に倒れていた。煙を吸って意識を失っている。警察官は、決死の努力で、何とかこの二人を外へ運び出したのである。

病院に、皆が駆けつけたのは、九時をまわる時刻だった。

病室が足りないのか、少女と犯人らしい男は、同じ部屋にベッドを並べていた。

少女は、まちがいなく曲木レイだった。頭部に包帯を巻いただけで、あどけなく目を閉じ、死んだように眠っている。

レイの命をさかんに心配していた曲木は、医師から、命に別状はないと聞かされると、その体にとりすがって泣き出した。肩から吊された鞄が、泣き声に合わせて揺れた。鞄の中には、アパートを出るとき紙袋からつめかえた三千万円が入っている。

女房の方は、亭主に自分の分まで泣かれて困っているように茫然と突っ立ち、剛原は、ドア陰で腕を組んでうな垂れ、顔を隠していた。

犯人の方も何とか命はとりとめるらしい。ただ顔中に火傷を負い、ミイラのようにその顔は包帯で覆いつくされ、正体を隠している。

火事の原因はまだわからなかった。

「家にはもう一人いなかったか」

白頭巾が、警察官に聞いた。

「いいえ、発見されたのはこの二人だけです」

「もう一人の犯人は、上手く逃げ出したのか——いや、犯人同士、仲間割れでもして、もう一人は家に火をつけて逃げたのかもしれん。ともかく、どこのどいつかわからんが、馬鹿な奴や、身代金もよう受け取らんで、大火傷を負うとは——これでは顔もわからんが」

「それは——」

突然、大声を出した軍平を、皆がいっせいにふり返った。偶然、病室の真ん中に突っ立っていた軍平は、視線の乱反射を浴びて、赤くなると、

「あ、あのう、この男は、ここにいる剛原さんの息子さんの、朝広君です」

一瞬、病室に沈黙が落ちた。その沈黙を破ったのは、顔を歪めた剛原の怒声だった。

「馬鹿な。朝広は今アメリカに——」

「そんな嘘はすぐに調べがつくでしょう。朝広君は、七月末に家を出、今はこのベッドの上にいるんです」

「君はいったい——」

「剛原さん、諦めなさい。朝広君が意識をとり戻したら、全てわかってしまうことです。半月

前まであなたの家に住みこんでいた飾口タエさんから全部聞きました。レイちゃんの本当の父親があなただということも、レイちゃんと美代子ちゃんが双児(ふたご)だということも、朝広君が、その秘密を世間にばらしてやると言って家をとび出していったことも」

「君っ――いつのまにそんな――」

驚いたのは白頭巾一人ではない。皆、こいつ何者だと言わんばかりに、しげしげと軍平を見つめた。

「今度の誘拐事件で、一番重要だったのは発端の部分ですよ。何故、犯人はレイちゃんを神社で、交番の巡査と接触させたか――警察には連絡するな、連絡したら子供の命はない、そう脅(おど)してこっそり被害者宅へ電話するのが誘拐犯の常套(じょうとう)手段でしょう？　その不文律を破って今度の犯人はまず、事件の発生を警察に報(し)らせてるんです。身代金を取るだけが目的なら、これは、余り上手いやり方とは言えません。つまりこう考えられるんですよ。犯人の目的は金以外のものだったと――そう、犯人の目的は金なんかではなかった。犯人は最初からレイちゃんの方を誘拐するつもりだった。この祥子さんがまちがえずとも、自分が美代子ちゃんとまちがえたふりで、レイちゃんの方を誘拐する計画だった。犯人の仕掛けた罠(わな)はその点にあったわけです。犯人は電話で、金は剛原氏に借りろと言ったそうですね。そうなんです。貧乏な養父は、富裕な実父に当然、身代金を借りにいこうとするだろう――犯人はそれを予想していた。そしてその際、曲木氏か剛原氏かどちらかの口から必ず、レイちゃんの出生の秘密が暴露されることになる。犯人の目的はそれだけだった。家出する前に、父親に誓った言葉を実行することだけだった——つまり父親の過去のスキャンダルを明るみに出して、父親の名誉や地位を失墜させること——だからこそ警察に最初から事件を売り渡しておいたのです。マスコミがレイちゃんと剛原氏の関係を日本中に報道し、父親の顔を完全に潰すことができたら、その段階で朝広君はレイちゃんを無事、家に戻すつもりだったでしょう」

「嘘だ！」

剛原が呻くような声を吐いた。

軍平はしばらく黙っていたが、

「そう、その通り、嘘なんです、今の話は」

あっさりと言った。

白頭巾は、また顎がはずれたように、大口をあけ、呆気にとられて軍平を見守っている。他の連中も——祥子も。

「全くデタラメなんです。しかし剛原さん、今の話が嘘だと気づいていないのは、実は当のあなたなんですよ。あなたは、犯人が朝広君だと——今、僕が言ったように、あなたに復讐するために朝広君が今度の事件を起こしたと、信じこんでいたのではありませんか」

剛原の顔が、不意に静止した。

「何を言いたいんだ、君は——」

「そう、私にもさっぱりわからん」

白頭巾もうなる。

「簡単なことです。このベッドで、今眠っているのは朝広君だが、犯人は朝広君ではないということです――刑事さん、さっき犯人を馬鹿な奴だと言いましたね、身代金も受けとらず、火事でとんだ失敗をしたと――でも刑事さん、犯人の失敗は火事をおこしたことではありませんよ。その火事を、偶然パトカーに思ったより早く発見されてしまったことです。それに身代金も受けとらずに、という言葉はまちがいです。真犯人は身代金を受けとったんです。身代金の受け渡しは、誰も気づかない方法で、既に終っていました。今度の誘拐事件は、あの火事をパトカーに発見されるという偶然さえなければ、完全に成功するところだったのです」

「だが身代金はまだここに――」

白頭巾は、慌てて一人の男の顔を探し、その肩に吊された鞄を指さした。男は鞄を抱きかかえると、ゆっくり一歩、後退(あとずさ)りした。

「だからですよ」

軍平は言った。

「犯人は三千万円を今手中にしているでしょう？　身代金は今朝、正確には正午少し前、堂々刑事さんたちの面前で、被害者剛原氏の手から、犯人に手渡されたのです。犯人、曲木庄造の部屋で」

7

翌朝早く、宮川歯科医院を訪れた軍平は、まだよく事件が飲みこめないという祥子に、説明をし直した。

前夜、軍平の指摘を曲木はすぐには受けいれなかったが、まず共犯者の女房のスミ代が折れ、最後には曲木も自分の犯行を認めた。火事を早く発見されるという失敗で、レイと朝広という重要証人を生き残らせてしまったので観念したらしい。予定では、あの火事で朝広とレイの二人を共に殺してしまうつもりだったという。

「それまで、僕は犯人の一人は、朝広だと信じていました。朝広が不良仲間の誰かを誘って父親に反抗するために、あんなことをしているのだと——でも殺されかかっている兄と妹を一匹の羊が連れ出すという話を聞いて、待てよ、これはひょっとしたら、と思い当ったわけです。朝広とレイも神話と同じ兄妹と呼べる立場でした。二人ともが殺されかかっているのではないか、二人を引率している、神話とは違う邪悪な羊がいるのではないか、つまり犯人が二人、被害者一人という組み合わせではなく、犯人一人、被害者二人なのではないか——そう考えると、事件の最初にあった一つの矛盾点が解けました」

「サッちゃんから聞いた牡羊座の神話がヒントでした」

「どんなこと？」

「なぜ、犯人に殴られ鼻血をいっぱい出したレイちゃんの服がまっ白だったかですよ。レイちゃんは嘘を言ったのではない。確かに顔を猟銃で殴られ、鼻血を出した。でもそれはオジさんたちの一人——つまり朝広のことだったのです。レイちゃんは犯人のオジさんがもう一人のオジさんを痛めつけるのを見ていたのです」

　軍平は、自分を見つめる祥子から目を外らし、

「それより、朝広が犯人ではないと確信したのは、犯人が神社で犬を射っているからですよ。剛原家のテリヤが僕にじゃれてきたのを憶えてますか。あれは僕のヘアトニックと朝広のが同じで、犬が僕を朝広とまちがえたからです。朝広だけがあの家でテリヤを可愛がってたんでしょうね。家族を憎む分だけ、朝広は一匹の犬に愛情を注いでいたんでしょう」

「その朝広が、他の犬でも、脅しのために殺すわけはないというのね」

　軍平は肯いた。

「それで——朝広とレイの異母兄妹を猟銃でおどし連れまわっていた邪悪な羊は、曲木と共謀でスーパーの金を使いこんだ柿内という男だったって聞いたけど」

「そう、曲木と妻のスミ代、それにその柿内の三人で、今度の巧妙な誘拐事件を計画したのです。誘拐事件——たしかにそうでした。誘拐というのは、子供の命をネタに、親から金をまきあげる、脅喝の一種ですが、これを逆からみると、被害者が犯人の親を脅迫できる場合もあるのです。犯人は、誘拐という大それた犯罪をおかしている。その犯罪をネタに、〝あなたの息

子さんが誘拐事件を起こしましたよ。こんなことが世間にバレたら大変でしょうね〟と言って犯人の親を強請(ゆす)ることもできるのです。曲木が企んだのがそれでした。レイと朝広を同時に誘拐し、朝広を犯人だと思わせ、朝広の父親を脅迫していたのです。つまり、今度の誘拐事件で、真の脅迫がおこなわれていたのは、被害者サイドではなく犯人サイドだったわけです。もっと早く気づくべきでした。金に不自由していないドラ息子が貧乏人を脅迫していると考えるより、貧乏な男が金持ちを脅迫していると考えた方がずっと自然だと」

「二つの誘拐事件が同時進行していたわけね」

「ええ。少女が誘拐されるというありふれた事件を隠れ蓑に、その裏で真の恐ろしい誘拐脅迫事件が、犯人の手で進められていたのです。しかも脅迫も身代金の受け取りも、堂々刑事達の前で、犯人はやったのです」

昨日の朝、曲木が剛原邸へ出かけたのは、レイの身代金を借りるためではなく、その脅迫のためであった。曲木は、今朝早く、犯人から届いたと言って、犯人とレイの映った写真の下半分を剛原に見せた。猟銃を握る犯人の右手首に星印の傷あとがある。「この傷は朝広君のものではありませんか」と言って曲木はニヤリと笑った。確かに息子の腕である。子供の頃、その傷のために剛原は三日間徹夜で看病したのだ。曲木は、また柿内が猟銃で威し朝広に書かせた手紙を剛原に見せた。「警察には黙っています。だから朝広君が要求している三千万円を出して下さい。朝広君はただあなたを困らせたがっているだけですよ。金を渡せば黙ってレイを帰してくれるでしょう。——なあに、私さえ黙っていれば朝広君が犯人だとは警察も考えませんよ」そう剛原に迫った。剛原はこの傷と筆蹟だけでは、朝広と断定できんと突っぱねた。

するとあ曲木は、あの電話を掛けてきたのだ。

「そう、刑事たちの面前でかけたあの電話こそ脅迫だったのです。〝あなただって自分の子供が可愛いでしょう〟と電話口で何度も訴えた言葉の本当の意味は、〝あなただって自分の息子を犯罪者にしたくないでしょう〟でした。その脅迫にのり、剛原は、実は朝広も被害者だとは知らず、また三千万円が実は息子の身代金の意味があるとは気づかず、曲木に金を渡してしまったのです。犯人からかかってきた電話の声を聞かせ、〝社長、今の声を聞いてくれましたか〟と喜々として言ったのも婉曲な脅迫でした。〝ほら今の声、やはりまちがいなく朝広君でしょう〟という——刑事たちの面前でやったのは、その方が脅迫の効果が大きいからです。自分が犯罪者の父親だと思いこんでいる剛原には、何より刑事の視線が怖かったでしょうからね。最初にレイ自身を使って警察に、誘拐事件の発生を告げさせたのもそのためでした。犯罪者の父親を怯えさせるには、最初から警察の目を、事件にベタベタ貼りつかせておく必要がありましたから。それに犬を殺したり、少女に銃口が狙っていると言わせたり、事件を誇張しておけば、それだけ一層自分の息子がとんでもない事件を起こしたという意識を剛原に植えつけることができますからね——つまり、レイが婦人警官と接触した事件の最初から、脅迫は始まっていたのです」

「剛原朝広は、柿内の猟銃で威され、脚本どおりに喋らされていただけなのね。でも彼はもう大学生でしょう?　そんな大きな若者をどうやって誘拐したのかしら」

「朝広は家を出ると、まず曲木夫妻を訪ねたんです。レイの血の確証を握るために。曲木が今度の計画を思いついたのはその時でしたが、朝広は人の好さそうな曲木を信じこんでしまった。何度目かに接触したとき、曲木は朝広を適当な口実で隠れ家に誘い出した。そこには、柿内の猟銃が待っていたのです」

「曲木庄造は稀代の大嘘つきだったのね。本当にレイちゃんのために泣いているとしか思えなかったわ」

「まったく奸智にたけた奴です。ただ曲木はたった一つ真実を語りましたよ」

「というと」

「剛原を極悪人と呼んだことです。剛原が曲木に三千万円を払ったのは、息子を犯罪者にしたくなかったからではなく、自分が犯罪者の父親になりたくなかったからです。曲木はそんな剛原の弱味を利用したんですね。虚栄を飾ることばかりに夢中で、ああも簡単に自分の息子が犯人だと信じこんでしまったのです」

「でも本当の極悪人は、曲木たちよ。レイちゃんも剛原朝広も最初から殺すつもりだったなんて――」

「レイも朝広も、誘拐犯の父親を脅迫するという今度の犯罪トリックの重要な証人でした。朝広を身元不明の焼死体にしないと剛原への脅迫は無効になってしまいますからね」

「それにしても……」

祥子は、ため息をつきながら、掛時計を見上げた。

「さあ、開院時刻だわ——今日の患者第一号は軍平さんね」

祥子が白衣をまとい、二人の関係は女医と患者に戻った。軍平は、今日の午後の列車で、しばらく郷里の静岡に戻ると嘘を言った。昨日、新宿駅のホームで聞かされた「好きだった」という言葉——七年の月日に色褪(あ)せた愛の告白が、軍平の胸に与えた複雑な傷を癒すには、結局、祥子から遠ざかるしかなかった。

「軍平さん、やっぱり、私、子供産むわ」

今日で最後の、空気(エア)ドリルの接吻のあと、祥子は明るい声で言った。

「どのみち、レイちゃんに万一のことがあっても産むつもりだったの。私、別れたあの人の子供を産むんじゃないの、私は私の子供を産むのよ」

「それがいいです。一番いいです」

サッちゃんなら、女一人できっといい子を育てるだろう、女の子なら、自分に似た、聡明で、美人で、優しく、そして、ちょっとそそっかしい娘を——

「軍平さん、これが最後じゃないわね」

祥子は、バッグから紙袋をとり出し、軍平に渡した。新宿駅のホームで買ったチョコレートやキャンディだった。

「知ってたのよ、私——軍平さんの虫歯がなかなか直らない理由。また東京へ戻るまで大事にしておいて下さる？」

せめて別れの挨拶ぐらい言おうと思ったが、ただ唇をひきつらせただけで、結局、何も言えず外に出た。

初めてもらった祥子からの贈り物を、軍平は、街角のゴミ箱に捨てた。

そのチョコレートの味なら、食べなくともわかっていた。十年もくすぶった自分の初恋物語のように、それは、甘く苦い、複雑な味に違いない。

観客はただ一人

〈宵子〉

開演一時間四十六分前。女優は楽屋の鏡にむかった。鏡の中の顔は儀式に臨むように厳粛だった。クリームをとり、まるで開始でも告げるように、さっと額に指を走らせ、それから丹念に四十五歳の皺を伸ばし、また別のクリームをとった。

十三分後、下地をつくり終えた彼女は、まず口紅を握った。口紅からメーキャップを始めるのが彼女の癖だった。何人もの男たちの肌を吸った唇……何人もの男に愛を語った唇……男たちと彼女を繋げていたすべては、両端を柔らかく頰に沈めた、その形のいい唇だった。口紅は、この日のために日本のトップデザイナーに特別に色を調合させたものだった。赤と紫と灰色とが微妙にいり混じったその色合を満足げに眺めて、唇に寄せると、ふと指をとめ、

「そう、今夜の芝居は、たった一人の客に見せるためなんだわ」

鏡にむかって、ゆっくりとそう呟いた。

今夜、劇場には百人近い客が集まるが、彼女が本当に招びたかったのは、ただ一人の客であった。稽古に稽古を重ね、脚本家に文句を言って何度も台詞を書きかえ、衣裳を吟味し、特別に口紅の色を調合させたのも、みな、その一人の客のためだった。その客に素晴らしい舞台を

堪能させるためにも、今夜の彼女は、最高の美しさを見せなければならなかった。艶を喪った肌に、どんなことがあっても、二十年前マドンナの微笑と日本中にもてはやされた、あの若く美しい顔を造り出さなければならない——

「そう、唯一人の観客のために……」

それが美しくなる呪文ででもあるかのように三度呟き直すと、女優は、戦いを挑むほどの真剣な目で鏡の中の自分の顔を見つめ、その唇に、口紅の最初の色をおろした。

1

「よう、軍平。なんだ、まだ寝てんのか、夕方の四時なんだぜ。あっとそれとももう寝てんのか？　どっちなんだよ。どのみちこんな時間に寝てるなんて、まったく冴えないよ。だから女にモテないんだぜ。——ああ、いいよ、そんな寝呆けた顔で起きあがらなくたって。もっとも普段でも寝呆けたような顔してるけどよ。おっと、そのまま、そのまま。ちょっと温かそうだから潜りこむぜ」

と、これで女だから困ってしまう。

色が白く、顔だちは瞳がきらきらして可憐なほどだが、なにせ小柄な体が何のふくらみもなく、針金のようにただ細くて、おまけに、野球帽にTシャツ、ジーパンと完全に男の出装であ

る。その体をするりと軍平の煎餅蒲団にすべりこませ、

「ウヘエ、温かい。――へえ、軍平って体温あんだなあ」

嬉しそうに鼻をくんくんさせ、軍平の裸の背を嗅ぎまわる。だが、いくら女に弱い軍平でもこの女にだけは赤くなることもできない。図々しい野良猫に押しまくられているようで、ただ迷惑なだけであった。

「出てくれよ。俺、今朝まで地下鉄工事やってたんだ。疲れてるんだよ」

「いいじゃないか。もう秋だってこと忘れて、Tシャツ一枚で来ちゃったんだ。さっきから寒くってよオ」

まったく野良猫としか言い様がない。まだ、会って、三日目だというのにこの厚かましさである。いや三日前の深夜、突然ドアをノックしてきた時から、既に馴れ馴れしかった。「なあ、隣の男、どこへ出かけたかしらないかい」実際野良猫のように、頬のこけた顔に目だけをぎらぎら光らせ、廊下の隅にポツンと立っていた。隣には、湯田という、たしか演劇学校に通っている若者が住んでいた。甘い、純情そうなマスクで、どこかヤサ男の匂いがあって、よく女を引っ張りこんでいる。一週間ほど前から髪の赤い女と同棲まがいに暮し始め、二三日前から二人揃っていなくなった。旅行にでも出かけたらしい。

「チクショウ、やっぱりあの女にのりかえたんだな。お前だけしか愛しちゃいないなんて、さんざ嬉しがらせておいて」声が震えたと思うと、マスカラの黒い涙を流して、ワッと軍平に抱きついてきた。何とか宥めて事情を尋ねると、娘は軍平の飲んでいた酒を断りもなく一気にあ

おって、今年の初め、演劇学校の帰り途で隣の男にホテルへ誘われてから、一週間前男が不意に冷淡になるまでの経緯を事細かにクドクドと語り、時々思い出したように、「なんだ安い酒だな」「しみったれた部屋に住んでんだな」言いたい放題に言って、やがてごろんと寝入ってしまった。翌朝軍平が起きると、あと形もなく消えていて、ただ銀製のネックレスがハート型に、卓袱台の隅に置かれていた。一宿一飯の恩義か、あれでなかなか殊勝なところがあるんだなと思っていると、夕方また現われて、「昨日ネックレス忘れてなかった？　ああ良かった。あれ隣の男に貰ったたった一つのプレゼントだよ。どこへ失くしたか探しまわったんだよ」それでも昨日の礼だと一升瓶をぶらさげていて、だが自棄酒のつもりかほとんど自分一人で飲み、昨夜と同じ話をグチグチと繰り返し、夜明け頃、ぷいと帰っていった。軍平の部屋を、隣の男の帰りを待つ待合室にでも利用しているらしい。廊下に足音が聞こえると、慌ててドアに駆け寄り、廊下を窺う。

　昨日も、地下鉄工事に出かけようとしているところへ現われ、「出かけるんだったら、夜明けまでこの部屋借りてるよ」新しい一升瓶を振って言い――そしてまた今日。

「ふーっ、こういう温かさ、久しぶり。なんだか、お兄ちゃんと寝てた頃、思い出すなあ」

「兄貴がいるのか」

「ああ――もう死んじゃったけどね。頭が空っぽでさ、やくざに憧れて、どっかの組に入って、短刀でグサリ。金ピカのバッジ、得意げに見せびらかしちゃってさ、本当に、どうしようもない馬鹿だったけど、私にはすっごく優しかった。私がもう高校生になった頃でもお土産に玩具を買ってきたりして——なあ軍平には兄弟いんのか?」

「ああ、妹がひとり」

「へえ、どんな妹?」

「郷里の学校でコンピューターの勉強してるよ。生涯独身を通して、仕事に生きるなんて息巻いている。適齢期なのに男なんか見向きもせずに……全く困った奴だ」

「へえ、カッコいい」

軍平、寝るのは諦めて、起きあがると、服を着た。

野良猫も、蒲団を離れて、窓辺に膝を抱えて座った。

「私だって、ブレザーにミディ丈のスカートなんかはいて、こう髪をさっと掻きあげてさ、男なんて関係ないなんて顔して、すらりと街を歩いてみたいよ。けど駄目なんだよな。好きな男のこと思うと、胸が熱く濡れてくるんだ。隣の湯田だって、最低な男だってことはわかってんだけどよ、怒るより前に、なんかジーンときちゃってよう、踏んづけられたり、蹴られたりしたって、こう、しがみついていくよりないんだよな」

水商売の年増女がいいそうな演歌まがいの台詞を、サバサバした口調で言い、窓辺に迫った夕闇の中でジーパンの膝の穴をいじくっている。眼を伏せると、意外に睫毛が少女っぽく、長い。名前は宵子。もっとも本名ではない。「本名なんて忘れたなあ。子供の頃から好きな名前で呼ばせてるから。ここ何年かは宵子。気にいってんだ。芸名みたいなもん」最初の晩そんなことを言った。

「――いったい、これまで何人の男に惚れたんだ」

宵子はパラパラと指を折って、

「隣の奴で二十四人目かな。――なんだい、この程度で驚くなよ。ラン子なんて、もう百人は越してるぜ。六人と婚約して、結婚直前でみんな破棄。もっともラン子は自分の方から捨てるんだから、私とは違うけど」

軍平、驚いて、

「そ、その若さで百人――」

「違う、ちがう。ラン子は、ええともう四十五。本人は二十三だって言ってっけどね。二十三歳から年齢は数えなくなったんだってさ。――軍平、知らんの？　青井蘭子。新劇界の女王。私たちの劇団のボス――」

青井蘭子の名ぐらい、女に縁のない軍平も知っている。たしか三十歳ごろから、サラ・ベルナールの再来と騒がれて、新劇界に一大センセーションを巻きおこした女優だ。もう四十五というが、いまだに三つ編み姿が似合うほど若々しく、小柄で痩せているのに大輪の花のようなゴージャスさと肉感的な赤い唇をしている。聖女と悪女を目の色だけで演じわける、と演技力も大変な評判である。五六年前、所属していた大劇団から独立して自分だけの劇団をもち、小人数の劇団でありながら新劇界の不振を尻目に、どの公演もすべて大ヒットを記録し、同年輩の女優たちからは何段も抜きん出た存在になっている。

〝女は千枚の愛の衣裳をもってるわ。その一枚一枚を男のために脱いでみせるだけ〟という千人斬りを仄（ほの）めかしたような彼女の言葉が、週刊誌で話題になったのは最近のことだった。またつい二カ月前にも、婚約した某実業家の愛人に、果物ナイフで顔を切りつけられた事件がスキャンダラスにとりあげられていた。再起不能かと騒がれたが、何のことはない、今週号の週刊誌の見出しは、〝蘭子、M氏との婚約破棄か⁉　新しい恋の相手は若手演出家Y君、27歳〟

宵子も隣室の湯田も、その青井蘭子が率いる劇団「アクテーズ」の研究生らしい。

軍平が驚いたのは、駆け出しの宵子が、そんな押しも押されもせぬ大女優を「ラン子、ラン子」と気安く呼ぶことだった。

「だって蘭子の命令だもん。私、彼女に可愛がられてて、付き人みたいな仕事もすることあるけど、〝友達だから、先生なんて呼んじゃ駄目〟ってさ――世間じゃいろいろ言ってるし、たしかに本当の事もあるけど、すっごくいいとこあんの、軍平だって逢（あ）えば絶対、気にいるよ――ああ、そうだ」

突然立ちあがった。

「今夜、蘭子の舞台があるんで、誘いに来たんだった。な、軍平、いくだろ?　たった一晩だけ、それも一般客は誰も入れずにやるんで、もう青井蘭子、生涯最高の幻の舞台って、みんなに騒がれてるんだ。めったに見られる舞台じゃないぜ――なんでもたった一人で自伝みたいな芝居やるんだってさ。ストーリイを知ってるのは、一番新しい恋人だっていわれてるうちの劇団の演出家と、蘭子だけ。報道関係者だって入れないってんだもの。行くよな。開演は六時だから、そろそろ出かけようか」

軍平の意志など無視して、さっさと部屋を出ていく。さすがに腹が立つが、昔から、得意の空手でも、相手に押しまくられると、妙に気弱にあっさり兜(かぶと)を脱いでしまうところがあって、ため息をつきながら、野良猫の後を追った。

青井蘭子の一晩きりの幻の舞台が開かれるのは日比谷の小ぶりな商業劇場「青雅館」だという。月末なので、商業演劇の千秋楽と次の公演の初日までの空いた一晩を借りきったのだろう。

「なんだか、お兄ちゃんと歩いてるみたい」

と宵子が軍平の腕に自分の腕をまわしながら交差点を渡ろうとしたとき、すれ違った学生風の二人連れが、

「ウエッ、男同士が手をつないでやがる」

思わず呟いた声が、耳に入るや、宵子はキッとふり返り、

「おい、ガキ。アタシは歴(れっき)とした女だぜ。文句あんのかよう」

軍平が停めなければ、とびかかっていくほどの勢いである。驚いたのは学生二人だけでなく、横断歩道の流れが、あっという間にとまった。軍平、まだ喰(く)ってかかろうとする宵子の腕をひっぱり、何とか横断歩道を渡り終える。

「馬鹿、あんな言い方をするから男とまちがえられるんだ」

「けど、あんなガキになめられて黙ってられねえよ。アタシは、女だもん、本当に女だもん」

宵子、Tシャツをするりとたくしあげた。下着をつけない素肌が軍平の目にとびこみ、軍平

のどんぐり目が眼鏡のレンズを突き破る。人ごみの顔がいっせいにふり返る。軍平、慌ててTシャツをひきおろす。

「全く馬鹿にしてるよな——けどジーパンの方の男はちょっとカッコ良かったけど」

ケロリと言って、今度はもう人ごみに学生達の頭を追う目つき。棒立ちになっている軍平を、やがて思い出したようにふり返って、

「どうしたんだ、真っ赤になって——」

「当り前だ、人前であんなことして……」

慌てて答えたが、それは弁解で、軍平、Tシャツの上からは想像できなかった宵子の、意外に柔らかそうな胸のふくらみに驚いたのである。

2

青雅館は、皇居の堀を見おろすビルの六階にあった。堀の水は、夕暮れの底にいつもより深く沈んで、ビルの灯が、金色の枯葉のように散っている。

エレベーターで五階まで上がると、ガラス張りの入口は妙に暗く、人気がない。来月の商業演劇の宣伝ポスターが華やかに飾られ、青井蘭子の名はどこにもない。

入口の机に、所在なげに座っていた娘が宵子を見つけると、

「宵子、先生が楽屋で待ってるわよ。宵子が来たらすぐ通してくれって――」

「そう。どう、客は集まってる?」

「ええ。先生が招待状出したのは百人だそうだけど、もう八十人ぐらい――それがね、すごい顔ぶれが揃ってるのよ。先生の昔の婚約者が五人全部。今も大倉武が入ってったわ。それに大倉の前の奥さんも来てんのよ。今頃、客席で鉢あわせして喧嘩でも始まってんじゃないかしら。それに、先生の顔に傷をつけた銀座のホステスも来てるわ――先生、どういうつもりかしら」

「蘭子のやりそうなことだよ」

宵子は関心なさそうに、楽屋口と表示された奥のドアに向かった。狭い階段を降り、小道具が乱雑に放り出された舞台の袖を通りぬけると、暗い殺風景な廊下が入りくみ、角近くに一つ、ぽつんと灯のともったドアがある。そのドアを開こうとした宵子の手が停った。かすかに開いたドアの隙間(すきま)から、女の声が、

「いいえ、駄目。最後までちゃんと客席に座ってるのよ。最後まで見ていないと、あのことを暴露するわ」

カン高く響いてきた。可憐さと成熟が微妙にいりまじった、魅力的な青井蘭子の声である。その声に男の低い声が答える。

「いくらなんでも悪趣味じゃないか、こんなことは……」

「あら、私は悪趣味が大好きよ。知らなかった?」

「全く、君って女は……」

憤りを押し殺した声と共に、ドアが開き、男が出てきた。四十ぐらいの実業家タイプの男だった。事実、後で聞くと、青井蘭子のいちばん新しい婚約者だった桜井という、青龍物産の副社長であった。いかにも多忙なスケジュールを精力的に消化している実業家らしい、艶光りした顔色と寝不足の乾いた目をしている。桜井は、廊下にいた二人にちょっと驚いたようだったが、すぐに乱れてもいない髪をさっとかきあげ、大股で去っていった。

宵子が入っていくと、うすら寒いほどに殺風景な部屋でぐったり座りこんでいた青井蘭子は顔色を輝かせた。

「宵子、待ってたのよ。ね、顔のここんとこ早く見て。上手(うま)く傷隠れてる?」

宵子は言われたとおり覗(のぞ)きこんで、

「大丈夫だよ、こんなに近くで見てもわかんない」

「良かった——宵子に聞いてみないと安心できなかったのよ。宵子ぐらいのものだから、私に嘘つかないのは」

そこで蘭子は、ドアの所でモジモジしている軍平にやっと気づいたようだった。

「あら、宵子、新しい彼?」

「いやだわ、こんなの——今夜しけてて、他にいなかっただけよ」

宵子は、視線の端にも引っ掛けず言う。軍平、さすがに腹が立つ。自分だって青井蘭子と並ぶと、ごみ同然の薄汚なさではないか。黒いシンプルなイヴニングを美しい曲線に流し、白い肌はラメの薄ものでもまとっているように光り輝いて見える。情熱的な黒い瞳と赤が基調になった不思議な色の唇――背丈は宵子と同じだが、その美しさのせいで宵子より数倍大きく見える。

「そうでもないわ。なかなか良さそうよ、ちょっと坊や、ここへおいで」

軍平がおずおずと近づくと、あっという間に蘭子の唇が迫ってきて、軍平の唇に押しあてられた。一瞬のことですぐにそれは離れたが、燃えあがる炎に掠められたようで、軍平、唇に痛みを覚えた。恥ずかしさで赤くなり、そのことがまた恥ずかしくて、つぎに蒼くなった。

「九十九点はあげられそうね。私、一回キスすればその男の全部見ぬけるのよ。私もずい分若い男の子と遊んだけど、これだけの子はいなかったわ」

「でも――」宵子は不服がありそうである。

「そうね、今の宵子じゃ無理ね。まだ若すぎるわ。彼の良さがしみじみわかるようになるにはね。ところで客は集まってる?」

「うん、入口で信代がもう八十人は来たって」

「そう、みんなどんな顔してきたかしらね。招待した百人のほとんどが男だけど、みな、私と最低一晩は寝た男ばかりよ。名前も忘れて招待状出せなかったのもいるけど」

「いったい蘭子なにやる気? 蘭子の方で棄てた五人の婚約者も来てるって、信代が驚いてたよ」

「そう、あの五人は、特に前の方の列で観させるの。今夜の芝居はあの五人とのスキャンダルが中心になってるもの。関わり合いになった女達もみんな招んであるわ。私のために離婚した奥さんや、週刊誌がS子とかA子とかって書いた女たちや、この顔の傷の張本人のホステスや――大したことじゃないのよ。ほら年とると自伝や回顧録書きたがるでしょ。私も年をとったわ。女優だから舞台の上で自伝を書いてみるのよ。宵子の知らないような話も出てくるから、きっと楽しめるわ」

「けど、五人がよく招待受けたもんだね」

「地位のある連中って、脅迫材料には困らないものね。ちょっとそんな言葉、招待状に一行書き加えておいたの。面白いのよ、さっきから、五人とも次々にここへ来て、あの一行のことも芝居に出るのかって大慌て……ほら桜井もさっき来たでしょ。馬鹿ね、あの程度のことは週刊誌が全部書いて、周知の事実になっちゃってるのに……あら、いやだ、またはずれかかってる」

右の薬指に光を舞わせている大粒のダイヤが台からはずれかかっているのだ。

「舞台の上で落とさないといいけど……」

さかんにいじっていた指をふと、とめて、

「ただね、宵子――言わないつもりだったけど、今夜、私、誰も知らない客を一人招んであるの。本当は今日私がこんな舞台をやる気になったのは、その一人の客に観せるためだけなの」

「誰? 私も知らない人?」

「そう、たぶん宵子も知らないはずよ」

「あの人? ほら蘭子いつか言ってたじゃない、誰にも言ったことないけど、蘭子のために昔人を殺して刑務所に入ってる人がいるって?」

蘭子はそれには、否定とも肯定ともとれる曖昧な微笑を返しただけで、

「もう時間だわ——ああそうそう、安田クン見たら、すぐ呼んできて。今夜の小道具に使う拳銃の具合がちょっとおかしいのよ」

言い終らないうちに、若者が一人入ってきた。いかにも芸術家気どりで髪を長く伸ばした若者である。

「ああ、安田クン、ちょうど良かった。これを見てよ」

バッグの中から、黒い拳銃をとり出した。

宵子が受けとって、安田に渡そうとすると、

「あ、宵子気をつけて、それ本物で、弾丸もちゃんと一つ入ってるから」

蘭子が、心配そうに声をかけた。

舞台は、六時に少し遅れて、バッハのオルガン曲で始まった。壮大な音の渦に、三百席ほどの小劇場が呑みこまれると、闇に包まれたステージの一箇所にライトがあたる。ライトは人物をとらえず、女の影だけを、ステージに細く、長く落としている。影は一方の肩をおとして、物哀しく見えた。

音楽が終ると、ライトが舞台の中央に彫像のように静止している一人の女優に移った。楽屋で見たのと同じ黒のイヴニングに、黒のケープを羽を鎖した蝶のように纏った蘭子は頭をひとふりし、燃えあがった髪の炎の中で顔をあげた。じっと正面を見つめる目は煌々と輝いている

が、どこか空ろでもある。背後の闇が電話のベルで裂かれると、その目から涙が一筋流れる。その一筋の涙で、彼女の顔がいっそう美しく見え始めた。さすが女優というべきか、楽屋でも充分美しかったが、ライトを浴びただけでその美しさは十倍も二十倍も膨れあがり、狭い劇場など、ほんの小さな視線で圧倒してしまう。

しばらく電話のベルに背を向けて静止していた彼女は、四度目のコールでやっと電話機の方へ歩いていき、受話器をとった。

「……死んだの？　そう、リングの上で死んだのね、血まみれになって――彼、微笑んでたでしょ？　いいえ、きっと微笑んでたわ。彼は血を流すことと笑うことしか知らなかったもの。大丈夫よ、悲しんでいないわ、でも記者達には、私が紅いルビーみたいな涙を流していたと言っておいて。――いいえ明日の結婚式は中止しないわ。あの教会で、棺の花に埋れた彼の指に私は、最後の指輪を贈るわ。黒いドレスを着て……私が好きだったのは彼の指だけだったもの。何人もの男をノックダウンして傷つけたのに、でも彼の指は恥ずかしがり屋の少年みたいに、白くか細かった――」

二十九歳で婚約したボクサーが、結婚式の前夜の試合で死んだ。マネージャーらしい男からの連絡に、そう答える台詞で、その後十五年に亘る、一人の女優の愛の遍歴ドラマは幕を切り落とした。

受話器を置くと、やっと舞台が明るくなった。といっても置かれているのは隅の方に暖炉、テーブルとその上の電話機、放り出されたバッグ、椅子、それに舞台の中央にドアを意味しているらしい、ガラス張りの衝立のような四角い枠だけ。たったそれだけの舞台装置と、時々の電話での対話以外は、すべて独白に頼った台詞だけで、青井蘭子は、その後二時間の舞台──十五年の愛の遍歴物語を演じ通したのである。

ボクサーの葬儀の席で出逢ったやくざ映画スターと恋に落ち、半年後に二度目の婚約。離婚を承知しない妻との泥仕合。一億円の慰謝料でやっと妻との決着をつけ喜んで電話をかけてきた男に、笑い声で新しいジャズピアニストとの恋を告げる彼女。その年下のピアニストとのニューヨークでの生活、毎夜のようにくり広げられる熱い愛撫、ピアニストが彼女に贈った〝ブルー・オーキッズ〟という曲、女優をやめ一人の女として生きようとする彼女。だが、妊娠四カ月目にピアニストと黒人テナー奏者の異常な関係を知った彼女は、自分の手で子供を堕してしまう。帰国。再び始まる女優生活。三度目の愛を失い、その後数年、さまざまな男たちを渡り歩く、荒廃した暮し。四度目の婚約相手は、所属していた大劇団の演出家兼俳優の長老。親子ほど年齢の違うその白髪の男優との、優しく静かな関係。先輩女優の嫉妬。彼女より年上の義理の娘の反抗。そんな周囲へのあてつけに婚約に踏みきったが、その時、既に彼女はある青年医師との新しい恋に命を燃えあがらせていた。

長老俳優からかかってきた、今度の芝居の主役をおろすという電話に、笑って答えたあと、独立の決意を長い独白で熱っぽく語り続けた後、彼女はガラスの扉を開けて出ていこうとする──だがドアは開かない。一枚のガラスは脆いはずなのに、彼女はそれを破ることができない。ガラスに貼りつき、十字架にかかった姿で、彼女は絶望の叫びを挙げる。

その叫び声と共に舞台はまっ暗になり、間奏曲のカンタータが再び流れ始めた。

十列目ほどの右の隅に座っていた軍平、隣の宵子をふり返った。カーテンコールの時に渡して欲しいと蘭子から頼まれた黄色い薔薇(ばら)を抱いて、宵子は涙ぐんでいる。

新劇など観たことのない軍平も、この芝居に痛く胸を打たれた。

脚本が複雑な人間関係を見事に処理しているうえに、蘭子の演技が素晴らしく、ひとり芝居とはとても思えない。えんえんと続く台詞を、ある時は詩の朗読のようにトーンを落とし、ある時は燃えあがるように烈しく、緩急自在に操りながら、その流れから愛と演技しかない一人の女の生き方がくっきりと泛(うか)びあがってくる。まるで壮大な独奏曲を聞いているようだった。

足もとに落ちていた招待状を拾って見ると、芝居のタイトルが〝私の人生〟と記されている。

これだけの芝居を、一般客にも批評家にも開放せず、一晩だけ上演するとは随分、勿体(もったい)ない話だ——と思いながら、軍平は前列の方を見た。前から三列ほどに何人かの頭が散らばっている。舞台が始まるまで、宵子が一つ一つの頭を指さし、あれが三番目の婚約者だの、若い医師だの、週刊誌が聞いたら大歓びするのとうるさかった。今までの芝居に登場したジャズピアニストの小野雅也や、やくざ映画スターの大倉武も、じっと動かぬ頭で座っている。

最前列の真ん中には銀色に輝いて男の白髪が見える。それが蘭子のもと所属していた大劇団の長老の藤川俊英、その横の白いうなじに真珠のネックレスを輝かせているのが、以前の蘭子のライヴァルで、その後藤川と結婚した大町秋子だと、宵子から聞いた。

最前列の右隅には桜井と赤茶色の髪の女が肩を並べている。痴話喧嘩で刃傷(にんじょう)事件をおこしたクラブのホステスのエミらしい。桜井が女の耳に屈みこんで何か囁いている。後ろ姿だけだとひどく仲良さそうに見える。

軍平は、視線を客席の後方に回した。百人近い男がひとりひとり適当な間隔をあけて座っている。服装も年齢もさまざまであった。その全員が、一人の女の体を共有したのだと思うと、さすがに不道徳な感じがするが、しかしまたそれだけのスケールをもった蘭子の美しさでもある。

軍平は、おやと思った。ちょうど客席のド真ん中の席に、舞台が始まるまで座っていた男の姿が見えない。その周囲だけがやたら空席でポッカリあいた中で、ポッンと一人座っていた男だった。短く刈った髪がやっと少し伸び出し、苦みを嚙みしめているような目つきと、よれよれのワイシャツに影が暗く染みていた。

「あの男じゃないかな。蘭子のために人を殺して刑務所へ行ってた奴。出所したばかりじゃないかな——蘭子が言ってたたった一人の観客のためにってのはあの男のことだよ、きっと。ひょっとして今日の芝居は、蘭子のあの男への出所祝いかもしれない」

と宵子が言っていた。

その男がいつのまにかいなくなっていることを、軍平が宵子に告げようとしたとき、音楽が切れ、二幕目が始まった。

舞台の奥にずらりと照明灯が並び、その灯を逆光に浴び、蘭子は影だけで舞台の中央に立っていた。

十分近く、彼女は影の動きと台詞だけで演技した後、やがて照明がもとに戻り、十歳も年下の若き医師との恋物語が展開する。足首の怪我(けが)をおして舞台を千秋楽まで演じとおした彼女は骨折事故を起こし、入院。その大学病院で広川雪夫という青年医師と出会い、烈しい恋に落ちる。

軍平はふと客席の中央をふり返った。先刻の男は席に戻っていない。もう帰ってしまったようだ。舞台が照明をおさえ、客席の方が明るいので、じゅうぶん視界はきく。この時になって軍平は、初めて客席の雰囲気が妙に落ちつかないことに気づいた。すぐ前列ではさすがにひそひそ声だが男たちが明日の競馬の話をしているし、遠くの席では中年会社員のような男が欠伸(あくび)をしながら煙草(たばこ)を吸っている。出口に近い端の席では居眠りをしている道路工夫のような風体の男が、椅子から転げ落ちそうになっている。軍平は舞台に釘づけになっていたのでそれまで気づかなかったのだが、客達の大半は舞台に余り関心を払っていないようである。ただ蘭子と関係があったという理由だけでこの場に招ばれた者が多いから、もともと演劇には興味がないのか、それとも皆、蘭子の生涯については週刊誌などで知り尽しているので、今さら退屈なのか。客の数が少し減っているから、いつの間にか帰ってしまった者も何人かいるようである。

尤(もっと)も、そんな客席の気配に気づく由もなく、舞台では、蘭子の熱演が続いている。

周囲の反対を押しきって、広川雪夫と婚約した蘭子は、だが雪夫の母親の涙の説得で、この新しい恋を諦める。自分の気持が、ある実業家に移ってしまった振りで、雪夫の将来のために婚約を破棄。そしてその実業家桜井陶治との新しい愛と婚約。ホステスの嫉妬のナイフで顔に傷を負った蘭子は、一度は絶望するものの、若い演出家安田新一の書いた自伝ともいうべき脚本に、再び女優としての情熱を見出しその上演を機に再出発を決意する。

この部分がクライマックスで、新たな希望へと高揚していく感情の果てに、

「私は今この瞬間生まれ変わったのよ」

と叫ぶ。燦然(さんぜん)と輝く彼女の顔――

軍平は、そこで幕がおりると思った。事実そこまでで彼女の今日までの過去は全て説明されたのである。

だが、この芝居には、残酷なエピローグが用意されていた。

勝利に輝く彼女の顔を、電話のベルが破る。

受話器をとった彼女は、最後に、

「わかったわ、すぐ来て」

と小さく答えて電話を切る。誰からかかってきた電話なのかはわからないが、相手の声に彼女が大きな衝撃を受けたことはわかる。煌(きらめ)きを失い、疲れ果てたように椅子に座る。衣裳の黒さが、不意に目立ちだし、殺風景な舞台に冷えた空気が流れ出した。床に落とした無言の視線は、寸前の束の間の希望ばかりでなく、十数年男たちを渡り歩いた過去の虚しさを、見つめているように見えた。

やがて思い出したように、テーブルのバッグを引き寄せ、中から一丁の拳銃をとり出す。

立ちあがって、彼女は、舞台の中央にたててある例のガラスの扉に向けて、引き金をひく。

銃声が一発、鋭く劇場内を突き破り、ガラスに亀裂が走り、その背後に立っている彼女の姿までガラスと共に砕け落ちたように見えた。

　拳銃を投げ棄てると、崩れ落ちる体を両腕で抱きかかえ、彼女の寸前までの希望だった「私の人生」の脚本を暖炉に投げ、火を点ける。燃えあがった炎だけを残して舞台は闇に包まれ、やがて、最後の炎が、まるで彼女の生命の終りを告げるように消えると、スポットライトが、舞台の端に立った彼女をとらえた。

　もう一つのライトが、ほぼ舞台の中央に落ちた拳銃をとらえる。そのライトを誰かの影が横切ったと思うと手袋をはめた手が、拳銃を拾った。もう一方のこれも手袋をはめた手がのび、両手で隠すようにして銃をいじっていたが、やがて、また右手だけになって、銃口を蘭子の胸にむけた。二人の間は数メートル離れていた。彼女は静かに語りだした。弱々しく、翳った声だった。

「待ってたわ。あなたが、いつかそうやって、拳銃を握り、そのガラスの扉を開けてやって来るのを……。約束だったもの……私の命をあげるって。私は一度だって本当のことを喋ったことはないけど、あの言葉だけは真実だったわ。だからいいの。早く私を射って」

　彼女は、舞台の中央の、拳銃を自分に向けている影にむかって語っていた。人物はすっかり闇に包まれているので、わかるのはその影が男らしいということだけである。六人の婚約者の一人とも、今まで芝居に登場しなかった人物とも、また死神ともうけとれる。

「左の胸を射って。あなたがこの左の胸に触ったあのとき、私はもう死んでいたのだもの」

彼女が黒いケープを広げかけたとき、舞台の闇を銃声が裂いた。彼女は恐ろしい衝撃に一度大きくのけぞり、広げたケープでくるくると蝶のように舞うと、実際、黒い蝶が力尽きた羽をすぼめて地に堕ちていくように、舞台に崩れた。舞台中央のライトが消え、男の影が闇にのまれた。

　動かなくなった彼女の体を、その後も長い間ライトは照らし出していたが、やがて衣裳の黒が、もっと暗い闇に溶けると、再びオルガン曲が鳴り響き、幕がおりた。

　明るくなった客席に、拍手が起こった。彼女の芝居に圧倒されたのか、結末の意味がよくわからなかったのか、それとも内容のあまりの露出趣味に呆(あき)れたのか、拍手は、まばらだった。

　安田が幕のおりた舞台の袖から出てきて、丁寧に頭を垂(さ)げた。

　幕があがった。カーテンコールである。宵子が花束をもって、舞台の袖にかけ寄った。

　ステージは明るくなったが、しかし、蘭子の姿はない。いや、黒い衣裳をステージに染みさせて、まださっきと同じ位置に倒れている。

　安田が微笑んで、その方へ歩いていき、蘭子の手をとって起こそうとした。次の瞬間、安田がはっとなって自分の手を見た。宵子も何か異変を感じとったらしい。ステージによじ上り、安田と二人で蘭子の体を揺ぶった。

　宵子の手の中の薔薇が、ぱらぱらと黄色い破片を黒い衣裳に落とした。

　一瞬、場内はしんと静まりかえった。

「救急車——それから警察」

安田の小さな声が劇場中に響くと、前の方で波をうねらせて客達が立ちあがった。

宵子が、舞台をとび降り、物凄い勢いで、軍平の方に突進してきた。

「射たれたんだ——軍平。蘭子、本当に射たれたんだよ」

軍平、まだ何が起こったかわからず、ボーッとしたまま、ふと誰かの視線を感じてふり返った。客席の中央——芝居が始まるまで、一人の男が座っていた席の方を。一瞬、男の影を認めた気がしたが、それは錯覚だった。間奏の時に消えたあの因縁ありげな男は、戻っていなかった。宵子が、蘭子の今夜のたった一人の客かもしれないと言っていた、暗い影にすっぽり包まれたような謎の男——

客席の中央は、ぽっかり大きな穴が開いたように、空席ばかりが目立っていた。

3

翌日の昼前に、宵子は突然電話をかけてきた。

「軍平、キスしてくれ」

眠い目をこすりながら、受話器をとると同時に、切羽つまった宵子の声が飛びこんできた。

「え、なに?」

「受話器さかさに持って、一分だけ唇を押しあててろ。今すぐ」

眠気でボーッと霞んだ頭で、軍平は反射的に受話器をさかさに持ち、唇を押しつけた。眼鏡のない目を大きく見開き、目覚ましの秒針が一分経過するのを、生唾(なまつば)を飲みこみ、息をとめて待っていた。

軍平の心臓の動悸(どうき)にあわせて一分が過ぎ、受話器をもとに戻すと、むこうの受話器で唇の離れる音が聞こえ、

「ありがと。今すぐそっちへいく」

ガチャンと切った。受話器を置いてからやっと、軍平は、自分が今何をしたかに気づき赤くなった。

我に戻り、昨夜の出来事を思い出し、駅前へ新聞を買いにいった。紙面いっぱいに事件が報じられている。蘭子の笑顔が、荒刷りの紙面で妙に歪(ゆが)んで、悲しく見えた。

見出しは――青井蘭子さん、怪死！

怪死という表現は、まだ状況のはっきりしない現段階では無理のないことだった。

はっきりしている事もある。蘭子が死んだのは、舞台の中央に落ちていた英国製ヘンメリーから発射された弾丸のためで心臓を少しはずれており、即死ではなかったが、病院に運ばれたときは、もう手遅れだった。拳銃は芝居の最後に、ライトに泛(うか)びあがった男の影が発射したものである。殺したとすれば、犯人はその男である。目撃者は、昨夜の客全員。百人近くおり、誰もがその凶行の瞬間を見ていたことになるが、しかし誰ひとり、その正体を見た者はない。犯人は闇にすっぽり包まれ、皆が見たのはライトに落ちた影だけだった。正確には男女の区別

さえはっきりしない。

演出をした安田新一のコメントが載っている。

「僕の書いた脚本では、蘭子さんが最後に女優として生きる決意をするところで了(おわ)っていたのですが、上演の十日程前、突然結末を新たにつけ加えると言い出したのです。最後の電話がかかってきてから、男の影が現われ、蘭子さんに向かって拳銃を発射するというのは、全部蘭子さん自身の演出です。その男が誰を意味しているのか、影だけで舞台に登場する男の役を誰に演(や)らせるのか、蘭子さんは教えてくれませんでした。腕の立つ人だから絶対に安全だ、最後に舞台の中央にライトをあてる用意だけしてくれればいいと言われていたのです」

劇団員にも百人の客の中にも、その役を頼まれたと申し出ている者はいない。つまり、蘭子を射った男の影は空中分解してしまったことになる。

軍平の頭に、あの客席の真ん中に座っていた暗い目の、刑務所帰りのような男が泛んだ。その姿が、拳銃を握った男の影と重なった時、

「ひどいんだよ、まったく」

宵子がとびこんでくると、胡座(あぐら)をかき、

「葬儀が終るまで蘭子の傍にずっといたかったのに、劇団のマネージャーの奴、お前なんかがいたら蘭子の名に傷がつくから葬儀が終るまでどっかへ消えてろって」

無理もない。ギンギンのラメのジャンパーに昨日と同じ穴のあいたジーパンである。

「私がいちばん悲しんでんだぜ。病院でそう言われてさ、私、喉(のど)の辺まで泣き声が押しあがっ

てきてさ、誰でもいいから、唇で息とめて欲しくなったんだよ。ごめん、他に適当な男がいなかったんだ」

　軍平、思い出して赤くなり、

「そうだな、蘭子さんだって誰より君に傍にいてもらいたいだろう」

　怒りにつりあがっていた宵子の目がふと和(なご)んで、

「優しいんだな、案外……」

「いや、本当にそんな恰好(かっこう)で傍にいてやれば、蘭子さん、いちばん喜ぶような気がする」

　宵子はしばらく、不思議そうに軍平を見ていた。軍平、その視線から逃れて、

「事件のことで何か情報はないか」

「あるよ、いっぱい。ちょっと複雑だけど」

　宵子は、病院で知り合いになった刑事から、聞いたという話を語った。

　警察は目下、他殺説に傾いている。それは凶器の銃にこめられた弾丸の数からの推察だった。舞台の上に置かれていた拳銃には、弾丸が一個しか入っていなかったはずだ、と、演出の安田新一が主張しているという。安田は、青井蘭子が渡米中に射撃に凝り、拳銃は不法所持していたこと、今度の舞台でも、実弾を使うと言い張り、蘭子の頑固さに負けて自分もそれに協力したことを告白したのだった。

　恰度(ちょうど)、宵子と軍平が、楽屋を訪れていた時である。安田は蘭子から銃の具合がどうもおかしいと言われた。古い銃で、たしかに引き金の具合がおかしい。開演間近だったので、蘭子は舞

台にむかい、安田は一幕目のあいだになんとか弾丸を射てるよう直して、二幕目が始まり、舞台が明るくなる直前にテーブルのバッグに入れたという。その後、バッグからその銃をとり出して、ガラスの扉を射つまで、蘭子は銃に、つまりバッグに一度も近づいていない。これは安田だけでなく、軍平自身も見ている。

安田は自分がバッグに入れたとき、まちがいなく弾丸は一発だけだったと主張したのだ。

「その一発で蘭子はガラスの扉を射ってしまったわけだろ？　弾丸は七列目のまん中の客席の下から発見されたそうだから、まちがいないんだ」

だが——軍平は顔をしかめた。あの刑務所帰りのような男は、恰度その弾丸が見つかったあたりに座っていたのではないか。少なくとも一幕の途中までは……

「どうかしたのか、軍平」

「なんでもない。つまりこういうことだな。蘭子さんがその一発でガラスの扉を射ってしまったのだから、蘭子さんが銃を落とし、影の男がそれを拾って手にしたときには、銃には弾丸が一発も入っていなかった——」

「そう。警察では、その男が銃を拾って蘭子を射つまでに、用意しておいた弾丸をこめたと考えてるんだ。たしかにあの男、銃をひろってから、一度おかしな具合に銃をいじっただろ？　それがさあ」

追いうちをかけるように、宵子は話を続けた。三日前、マネージャーの前で、蘭子はその謎の男らしい人物に電話をかけたと言うのだ。その電話で、蘭子は相手に、ライトの位置や細かい動きを教え、最後に使う拳銃の型や口径まで教えると、〝空砲を射つだけだから心配しないで、思いきり引き金を引いて欲しい〟と言ったという。残念ながらマネージャーにはその電話の相手が誰かはわからなかった。

「なるほど、それなら、犯人には前もって弾丸を用意しておくことができたわけだな」

軍平も、警察と同じように問題の影の男を犯人と考えることにした。犯人は、蘭子の依頼を絶好のチャンスと考えたのだ。だが、それが誰だったかは見当がつかない。

「警察じゃ、婚約者の五人が怪しいと考えてるよ。あの五人、蘭子に脅迫されていただろ」

その五人より、しかし軍平は、どうしても一幕の中途で消えた刑務所帰りのような男の存在が気にかかった。

「ああ、あの男。あれ、どうも北原直也っていう、昔、警察官やってた奴らしいぜ。警察に話してやったんだ、蘭子が、あの芝居に本当に招びたかった客は唯一人だったたって言ってたこと。警察がね、安田ちゃんに聞いたらすぐわかったよ。安田ちゃんは脚本書くときに蘭子からいろんな昔話を聞きだしたんだ」

青井蘭子は、二十歳前にヌードモデルをやっていたことがあり、あるとき猥褻罪で捕まり一人の警官に取り調べを受けた。その警官が北原直也で、蘭子に惚れた北原は、当時蘭子が苦しめられていたやくざのひもを射殺し、刑務所に入った。

「しかも北原は十日前に出所してるんだ。唯一人の客って北原に違いないよ。蘭子、安田にその話をしたとき涙泛べてたってっからさ」

たしかに芝居の最後で、蘭子が男にむかって語った台詞も、そんな北原との関係を匂わせているように思える。

「ただね、北原の写真見せられたけど、客席のド真ん中に座ってた男と同じかどうかははっきりしないんだ。私、自分の好みじゃない男はすぐ忘れちゃうから」

「俺は一瞬だったけど、はっきり憶えてる」

「へえ、そう——じゃあ、ヤッちゃんにすぐ電話してやろ。ヤッちゃん喜ぶぜ。北原も容疑者の最右翼だって言ってたから」

「ヤッちゃん、て?」

「今度の事件担当している若い刑事」

「以前からの知り合いか」

「いや、昨日会ったばかりだけど」

「それで、もうヤッちゃんて呼んでんのか」

「人類みな友達なのヨネ」

あっけらかんと言って、電話機にとびついた。受話器を置くと、

「現場の方へ行ってんだとさ。私たちも行かないか」

軍平、肯(うなず)いた。興味は十二分にある。

アパートを出る際(とき)、管理人のおばさんにぶつかってしまった。

「田沢さん、部屋代いつになったら払ってくれるの」

恐ろしい目で睨まれる。底ぬけにお人好しで亭主に貰った洋酒をこっそり軍平にくれたりするのに、部屋代のことになると鬼のような形相に変わる。

逃げ腰でアパートを出た。

「いったい、幾ら溜ってんだい」

「二カ月——だから二万円」

「たったそれっぽっち。ふうん、何もかも侘しいんだな」

軍平の薄い髪をシゲシゲ見ながら、宵子はいう。

日比谷へむかう地下鉄の中でも、軍平は昨夜の事件のことばかり考えていた。

「容疑者はもう一人いないかな」

「誰？」

「安田だよ。結末の謎の男を、安田自身が演じたとしたら？」

「それは駄目。安田ちゃん、アリバイあるよ」

「アリバイ？」

「そ、結末のライトを動かしてたのは、安田ちゃんだってさ。あの部分はライトの位置が微妙だから、自分でライトを動かすことになってたって——照明係が証言してるよ」

「最初からずっと照明の傍にいたんだろうか」

「いや、影の男が舞台に登場する直前だって——それまで、皆と一緒に客席で舞台見てたらしいけど……でも発砲のときにはちゃんと照明室にいたんだぜ。何考えてんだよ。目が寄りすぎてるぞ」

「いや、別に何でもない」

「まあな、安田ちゃんにも、蘭子殺す動機はあるかもしれんが……」

「というと?」

「今日、病院で会った時、冗談のつもりで、安田ちゃん、あんたも蘭子に脅迫されてた一人じゃないのって聞いたらさ、あいつ、まっ青になってぶるぶる震えだしてくるりと背をむけてさあ、たしかにあれ、蘭子に何か弱味を握られてたよ」

「しかし、それだと蘭子さんてのは、他人の弱味を握るのが趣味みたいな恐ろしい女性だってことになるけど」

「違うよ。蘭子は人を見る目が確かだっただけさ。だからその気がなくても他人の弱味や秘密が自然にわかっちゃったんだろ」

宵子は思い出したようにふり返って、

「ね、蘭子って人見る目確かなんだよな、本当に——軍平のこと最高の男だって言ったろう。それも的(あた)ってるかもしれないってさ……さっき、そんなこと……そりゃ外観はいろいろな問題はあるけど、そんなんじゃなくて、ケタ外れに優しいようなところがあってさ……」

軍平、不意にしおらしいことを言い出した宵子に真っ赤になって視線を避けようとしたが、その前に宵子の方で目を外(そ)らした。

青雅館の入口では何人かの男が忙しげに走り回っている。刑事達かと思ったが、明後日幕を開ける新しい芝居の準備に道具係が大わらわになっているのだ。なんでもこの小劇場始まって以来の大掛りな舞台装置を売り物にした時代劇だという。

客席への扉の前で、劇場支配人らしい腹のせり出した中年男と、サラリーマン風に青い背広をきっちり着こなした青年が、喧嘩腰の大声で喋りあっている。

「ヤッちゃーん」

宵子が呼ぶと、青い背広の若者がふり返ってにこやかに笑った。若者が近づくと、

「何もめてたんだよ」

「いや、現場をもう一日だけ保存しておいてほしいと頼んでたんだ――しかしむこうは今夜からやらないと間に合わないっていうし、まあこれ以上現場から何か見つかるとも思えないけど」

宵子が軍平を紹介し、来た訳を話すと、

「ああ、君が軍平サン？」

ヤッちゃんも旧知の親友のように親しげに白い歯を見せて笑う。こういう垣根の全くないのが現代の若者なら、自分はひどく現代からとり残されている――そんなことを考えている軍平を事実とり残して、宵子と二人キャッキャッと笑いながら客席の方へ入っていった。

舞台には城の天守閣が組まれている。昨夜の事件を呑みこんだきらびやかさには一人の女優の死臭など跡形もなく消えている。昨夜は舞台が終始薄暗かったので気づかなかったが、こうやって見ると意外に広い。

北原の写真をもっていないというヤッちゃんは手帳にさらさらと似顔絵を描いた。絵が得意

らしい。できあがった顔はまちがいなく昨夜、軍平が目撃した男だった。

「そうか、じゃあ早いとこ北原の行方を見つけないと……」

「僕の方でも聞きたいことがあるんですが」

「断らなくてもいいから、どんどん聞いて下さいよ。いや、軍平さんは水臭いなあ」

「ガラスの扉を射ったとき、蘭子さんは客席に銃口をむけていた。ということは、あの時砕けたガラスは、客席側、つまり舞台の前面に落ちてたんでしょうね。いや、あの時は一瞬のことだったし、舞台が薄暗くてガラスがどちらに落ちたかはよくわからなかったんです」

「まちがいなく前面へと落ちてました」

ヤッちゃんはおかしなことを聞かれるものだと不思議そうな顔だった。

「もう一つ、舞台のあいだ五人の婚約者が何をしていたか、それを知りたいんですが」

ヤッちゃんは手帳を広げると、

「面白いことに、五人ともあんな馬鹿馬鹿しい舞台は、見ておられなかったから、それぞれのパートナーと喋りあっていたと言ってますね」

「芝居の間、ずっとですか」

「そう。たとえば以前、彼女が所属していた劇団のベテラン藤川俊英は、連れの大町秋子と芝居がはねたら六本木で何を食べるか相談していたというし、桜井陶治は以前の愛人と共にドライブに行く話をつけて、二幕目が始まるとすぐ席を立ってしまったということです」

「舞台上で蘭子さんが殺されたときの五人のアリバイは？」

「桜井はドライブ中で、劇場にいた者はみなちゃんと席についていたというんですが、ラストの方は場内は暗かったのでしょう？　こっそり立ちあがって、舞台にあがったとしてもパートナー以外には気づかれなかったと思いますね」

「そうですか」

舞台の方をなにげなくふり返った軍平、ギョッとして思わず椅子からとびあがりかけた。さっきまであった天守閣がなくなって、茶屋のようなセットになっている。舞台装置はこうも迅速に組み替えられるのか、と軍平が驚いているのにも気づかず、

「ねえヤッちゃん、今度お部屋へ遊びにいっていい」

宵子は、もうヤッちゃんの男性的な太い眉に夢中であった。

4

二日後、郊外の教会でおこなわれた蘭子の葬儀に、軍平は宵子をひき連れて出かけた。喪服がないからと珍しく弱気そうに尻ごみする宵子に、「服の色で悼むわけじゃないんだ。マネージャーが文句言ったら、俺がカタをつけてやる」珍しく軍平の方が、強気に出た。

案の定、マネージャーは、宵子のまっ赤なTシャツを見つけると、

「キ、キミ、少しは常識を考えろ」

参列者の間から、ごぼう抜きにしようとした。すかさず、軍平一歩進み出て、

「俺、彼女のボディガードだけど」

無表情のままそう言っただけで、マネージャーは青くなって、人垣の中へ逃げていった。ファンやら野次馬で、森の中の小さな教会は、人波に覆いつくされている。

棺に白薔薇を落としながら、宵子は大粒の涙をぽろぽろこぼした。胸もとで組み合わされた蘭子の指は冷たく死の闇に溶けているが、口紅を濃くさした顔は、花に埋れ、夢にその香を追っているように安らかな微笑を泛べている。

玄関の石垣で、我慢できなくなった宵子は、ワッと軍平の胸に泣き声をぶつけた。軍平困っておろおろしていると、ちょうどヤッちゃんが通りかかって声をかけた。宵子は軍平を突き放して、あっという間にヤッちゃんの分厚い胸にとびこんで今まで以上の泣き声を張りあげる。ヤッちゃんは落ち着いたもので、宵子の肩を叩いて慰めた。

宵子が泣きやむのを待って、

「あのう、事件の晩、舞台で蘭子さんはダイヤの指輪をはめてたはずなんですが、あの指輪がどうなったかわかりませんか。今、棺の中の指は何もはめてなかったんですが」

「ああ、あれ——遺族が引きとったはずです。……確か一千万近くするって奴でしょう」

「ええ、楽屋では石がはずれそうだって心配してたけど……」

「そう。死体のすぐ傍にダイヤだけはずれて落ちてましたよ。安田って若い演出家が拾って持ってたんです」

その安田が、偶然石段を駆けあがってきた。

ダブルの礼服に瘦身（そうしん）を包みこんだ安田は、三人を認めたようだが、挨拶もせず、長い髪に顔を隠すようにして礼拝堂の中へ消えた。

「やっぱりあの安田が怪しいな」

ヤッちゃんが去ると、軍平は、Tシャツの袖で泣き顔を拭（ぬぐ）っている宵子に言った。

「でも安田ちゃんにはアリバイがあるぜ」

「方法はあったんだ。ただ一つだけ、どうしてもわからないことがある」

「なに？」

「舞台の中央にあったガラスの扉。あれの破片が客席側に落ちてた、それだけがどうしてもわからない」

最後まで言わず、軍平あっと声を挙げた。

「どうしたんだよ」

「北原――ほらあの樹のところ」

軍平が指さしたのは、人垣の背後に大きく聳（そび）えた、樅（もみ）の木だった。その樹の陰によれよれのレインコートを着た男の影がある。男はコートの襟（えり）で顔を隠すようにして、礼拝堂の入口に暗い眼差を送っている。

軍平が宵子の腕を引っ張って近寄ったときには、北原は背をむけ、森の裏道をこそこそ駅の方へ歩き出したところだった。後を追った二人は北原が駅の切符売場で渋谷までの切符を買ったところで声をかけた。

ふり返った北原は、軍平を刑事とでも思ったらしい。瞬間逃げようとしたが、その前に軍平の手ががっちり北原の腕を捉えていた。

「僕たち警察の者じゃないです、ただ……」

宵子と二人でかわるがわる説得すると、北原はやっと安心したらしい。

「わかりました。警察の人に黙っていてくれるなら、話しましょう」

刑務所帰りらしい白い顔を気弱そうに伏せて言った。近くの喫茶店に入ると、北原は、軍平たちが自分と蘭子の関係を何もかも知っているのに驚いた風だったが、やがて、

「蘭子はいい奴でした。本当にいい奴だった」

目にうっすら涙を泛べて語り出した。

「蘭子は私にわずかも惚れてなんかはいないのです。二十五年前の事件も、私の方であいつに勝手に夢中になって起こしたものです。あいつには何の責任もなかった。それなのにあいつは二十五年間、半年に一度は必ず面会に来てくれた。どんなに忙しくても……今度の出所を一番喜んでくれたのも蘭子です。十日ばかり前、あの芝居の切符を刑務所へ送ってきてくれましてね。私の出所祝いのつもりでやる舞台だから是非来てくれと……。あの晩の蘭子は綺麗だった。昔の蘭子の何倍も、何十倍も綺麗だった……ただその美しさを見ているうちに、私は、もうあいつと私とは他人なんだ、あんな美しさに私なんかがどんな形でもくっついてはいけないんだ、そんな気がしてきましてね、それで途中で席を立ってしまったんです。二十五年間の刑務所暮

しで、あいつへの気持は整理がついてましたし……だから絶対に私じゃないんです、あいつを殺したのは。私だってあいつを殺した奴を憎んでるんです」

「だったらなぜ、警察の目から隠れてるんですか」

「私があの場にいたことがわかれば、警察も放ってはおかないでしょう。友人の紹介で仕事が見つかったんです。無実であっても警察沙汰に巻きこまれれば、その友人にも迷惑をかけることになりますし」

「最後まで観ててやるべきだったよ」

宵子が口をはさんだ。

「蘭子は、たった一人、あんたのためだけにあの芝居をやったんだよ。あんた一人に観せるためにやったんだ。蘭子にとって観客はあんた一人だけだったんだ」

宵子の言葉に、北原は流れ出た涙を、腕でぬぐった。髪に白いものが混じり始めているが、そんな仕草には、刑務所での二十五年間があくまでこの男の空白の時間だったというように若者らしさが残っている。一人の女のために殺人まで犯した、二十五年前の若者がそこにいた。その涙に嘘はない、と軍平は思った。

北原の次の電車で、軍平たちは東京に戻った。

暮色が濃くなっている。そのままアパートに戻る気になれず、軍平は駅近くの名曲喫茶へ、宵子を誘った。

「けど、金もってるのかよ」

言われてポケットをさぐると、硬貨が二枚しかない。

「だと思ったよ。中に入って待ってろ。そう、一時間ぐらい。金稼いでくるから」

返事も待たず、宵子は、駅の方へ駆け出した。

行きつけの店である。壁がレコードで埋り、装飾は何もないが、奥の大きなステレオが店内の空気を圧している。軍平、いつものようにステレオの隣の、窓辺の席に座った。テーブルに黄色いアイリスが飾ってある。その花弁を震わせて、ピアノ曲が流れていた。ショパンの「別れの曲」である。美しい別離の旋律に耳を傾けながら、軍平、あの真夏の一日以来、会えなくなってしまった宮川祥子のことを思い出していた。しかしそれも長くは続かず、軍平は眉根を寄せた。曲に鋭い雑音がまじるのだ。軍平、音楽の雑音には神経質で、プレーヤーを覗いた。肉眼でもわかる鋭い傷がレコードを彫って回転している。困ったものだと思いながら、このとき軍平は、あっと声を挙げた。ウェイトレスが驚いてふり返る。ごまかすように、軍平、席に戻って、窓辺に迫った夜を眺めながら腕を組んで考えだした。

宵子は、一時間半ほどして戻ってくると、けろりとした顔で座って、ジーパンのポケットを叩き、

「稼いできたよ。なんでも注文しろ」

軍平が何も要らないというと、宵子は自分だけ、サンドイッチやカレーライスやサラダを注文した。カレーライスが来たとき、宵子はやっと軍平の容子に気づいたようだった。

「どうかしたのか」

「わかったんだ——安田がどうやって蘭子さんを射殺したか」

宵子は、スプーンを唇にとめて、

「本当？　まさか——嘘！」

「いや、説明できるんだ、何とか」

「安田ちゃんにはアリバイがあるよ」

「殺されたのは、謎の男の手が発砲した時じゃない。あの影の男は今度の事件とは何の関係もなかった」

「じゃあ、そいつ、何故、申し出ないんだよ、自分が無実なら……」

「言えやしないさ、自分に容疑がかかるのはわかりきってるから。たぶん五人の婚約者の一人に違いないと思うがね。安田は、そこまで計算にいれていたんだ。——それに安田は脚本と演出を担当しているだろう。芝居の進行やライトの位置を事前に知っていて、それを計算に入れて犯罪計画を立てることができた唯一の人物だよ」

「それで、蘭子の殺されたのが影の男の銃から発砲されたときじゃないとすると、安田はいつ蘭子を射ったんだよ」

「照明室に入る直前——蘭子さんがガラスの扉を射とうとした瞬間」

「どっからだよ」

「客席からだ。あの時安田は、最初北原が座っていた席に座っていたんだ。幕がおりてあの騒ぎがもちあがったとき、僕はあの席に人影を感じてふり返った。その時はもう誰もいなかったが、しかし僕がそう感じたのは、舞台を見ながら無意識にそこに安田が座っていたことに気づいていたからじゃないだろうか——安田はね、蘭子さんがガラスに銃口をむけたとき、その席から発砲したんだ」

「ちょっと待てよ。けど、蘭子はその後も生きてたんだぜ。二三分だけど芝居は続いたんだ」

「弾丸は蘭子さんの心臓をわずかにそれていた。蘭子さんは前にも舞台の途中で大怪我をしても最後まで芝居を終えたと言うね。安田はその蘭子さんの女優根性に賭けていたんだ。どんな事件が起こっても彼女なら最後まで芝居を捨てないだろうと——」

「そう言えば、あの五六分、蘭子は真っ青だったし、よろよろしていたけど——けど待ってくれよ。じゃあ蘭子は、あの時握っていた銃でガラス扉を射たなかったのか」

「そうだ。ガラス扉を割ったのは、客席から安田が射った弾丸だった」

「けど、それならどうして、客席から弾丸が見つかったんだよ。それに、蘭子が発砲しなかったなら、影の男が拾ったとき銃には弾丸が残っていたわけだろ。じゃあ影の男も蘭子の体に弾丸を射ちこんだことになる。それなら蘭子の体から二つの弾丸がでてこないと駄目じゃないか」

「それはこう考えればいい。蘭子さんも影の男も引き金はひいた。だが弾丸はとびださなかった——」

「しかしあの銃にはまちがいなく弾丸が一つ入ってたんだぜ」

「そう。だが引き金が壊れていれば弾丸はとび出さないだろう。安田はあの時、壊れかけていた引き金を直したのではなく、さらに壊したんだ」

「ア」

宵子が小さく叫んだ。

「いいか、安田は事前に、舞台で使う銃と、同じ型と口径の銃を用意しておいたんだ。その銃で、舞台の始まる前に、客席に一発射ちこんでおき、もう一発で蘭子さんを射った。そして蘭子さんが本当に射たれたとわかって大騒ぎになった混乱のすきに二丁の銃をすりかえたんだ」

「待てよ。じゃあガラスの破片は？　軍平もヤッちゃんに念を押していただろ。ガラスの破片が本当に客席がわに落ちていたかって。安田が客席から射ったならガラスの破片は客席とは反対側に落ちなくちゃならんだろう？」

「それがいちばん説明のつかなかった点だったんだが、今やっとわかった。このレコードを見ててね」

軍平は、相変わらずぐるぐる回転しているレコード盤を示した。

「あの舞台は蓄音機だった。巨大な蓄音機」

「なんのことだよ」

「舞台の中にもう一つ、円型に切りとられた舞台があった」

「回り舞台！」

「そう。一昨日天守閣が茶屋に一分足らずの間に変貌したので変だとは思ったんだが——あの夜の舞台装置は非常に簡単だった。テーブルや暖炉があったが、それは皆隅の方に置かれている。つまり回り舞台に置かれていたのはガラスの扉だけだ。しかもその回り舞台の中心に位置するようにね。安田は、警察が来るまでに、その舞台を半回転させるだけでよかったんだ」

宵子、軍平の頭をしげしげと眺め、

「良すぎるんじゃないの、頭。だから頭だけ先に老けるんじゃないの――ヤッちゃんに電話するよ、今の推理聞かせてみよう」

立ちあがるのを、軍平はとめた。

「いや、もう少しよく考えてみる――安田にかなりの射撃の腕前がなければ成立しないことだし……」

「ふーん」

座り直した宵子は、壁の時計を見て、再び立ちあがった。

「今夜、演劇部の大学生と会う約束があるんだ。少し早いけど、出かけるよ」

5

二人は外に出た。路地へ曲る街灯の下で、宵子は、ふっと立ちどまり、ポケットから札をとりだした。

「これ三枚だけだけど……やるよ、これで部屋代払えよ」

三枚とはいえ、一万円札だから三万円、それを軍平にさしだす。

「どうしたんだ、こんなにたくさんの金……」

「アタシ、露草会のメンバーなんだよ。さっき会に電話したらさ、恰度いい客がいるっていうから、ひと仕事してきたんだ」

「露草会って?」

へえ知らないの――という顔をすると、ポケットから写真を一枚とりだした。スターのブロマイド写真のように宵子が柔らかい微笑で映っている。髪を長くのばし、リボンをつけ、目の前の宵子とは別人のように清純な顔である。

「やるよ。それ露草会での私の写真、ほら胸に露草の造花つけて客と待ち合わせて……よく公衆電話にあるだろ? 素敵な女性がお待ちしております、お電話下さいって……アレ」

軍平、驚いて眼鏡がずり落ちそうになった。それなら、宵子はこの一時間半のうちに体を売ってきたのだ――

「なに驚いてんだよ。大したことじゃないよ。女優なんてさ、人前で裸になったり、知らない者にまで色目つかったり、どうせ体を商品にしてるんだ。今日のオッちゃんはいい人だったし」

「お前、本気で言ってるのか、そんなこと」

「本気だよ」

ケロリと言って、

「遠慮せずにとっとけよ。少しだからさあ」

ポケットに捩こもうとする手を、軍平冷たく払いのけた。

「そんな金、受けとれるか」

「なんだよお、金は金じゃないか、そんな汚ない物見るような目するなよ」

軍平を真似るように、膨れっ面になり、

「わかったよ。アタシの金は受けとれないってんだろ。いいよ、もう、こんな金……」

札をビリビリと破ると、軍平の顔めがけて投げつけた。札は軍平の顔に届かず、二人の間にひらひらと舞い、軍平、次の瞬間、思わず、手をあげ、宵子の頬を殴りつけていた。

「馬鹿ッ、そんなことしてたらダメになるぞ」

余程痛かったのか、宵子の目からはあっという間にポロポロ涙がこぼれ、その涙と痛みを庇うように頬に手をあてた。

「いいよ、ダメなのはもともとじゃないか」

「お前だっていい所あるよ。俺口下手だから上手く言えんが、そのいい所真剣に磨いて、綺麗な鏡に本当の顔映せるようにすれば……」

殴られたのが、余程口惜しかったのか、宵子はただ涙いっぱいに恨みをこめて見返しながら、

「非道いよ、軍平。アタシがもし温順しい、綺麗で、普通の、幸福な女の子だったら、殴ったりしなかったろ?」

「温順しい綺麗で、普通の、幸福な女の子は体を売ったりしない」

「非道いよ、軍平。優しいだけが取り柄みたいな顔してるくせに、ちっとも優しくないじゃないか。私だってあんなことしょっ中やってるんじゃないよ。前にどうしても金に困ったから一

度だけ……軍平には世話になったし……部屋代困ってるってから……非道いよ、軍平」

軍平の体をすりぬけ、路地を駆け出した。軍平、後を追ったが、角を曲ると暮れはてた街にもう宵子の姿はなかった。

翌日の午後、軍平は、破られた三枚の一万円札をテープで繋ぎあわせ、宵子の住んでいるアパートにでかけた。殴ったことを詫びようと思ったのだが、生憎と宵子は留守だった。軍平は、札だけをドアのすきまからさし入れて置いた。アパートのゴミ箱を野良猫が漁っていた。猫は軍平の足音でひょいと逃げると、ゴミ箱の陰から小さな頭を覗かせて、恨むように軍平を見あげた。昨夜の宵子と同じ目だった。

九時に、宵子から電話が掛った。昨夜のことなどすっかり忘れたはしゃいだ声で、

「役を貰ったんだ。それが大役——大学の文化祭のゲスト出演なんだけどさ、学生がアタシをイメージに書いてくれた主役なんだよ。今大張りきりで練習してるんだけど、ラストに恋人と電話で別れる場面があってさあ、そこが難しいんだよ。電話っても、舞台だから相手が声出してくれるわけじゃなし、一人芝居なんだよな。上手くいかないからさ、ちょっと相手してくれよ」

「けど、俺は……」

「アアとかウンとか声出してくれればいいんだ。誰かが受話器のむこうにいると思ったらやり易いだろうから……一度切るからな。電話をかけて、〝私よ、わかる?〟って台詞から始めて、電話切るところまでひと通りやってみるからね。今、学生クンたちが来てて見てるんだ。期待

されてんだよ、アタシ。本気でやるからね……笑うなよ」

一方的に喋りたてて、電話を切ると、すぐにまた、かけ直してきた。

「私よ、わかる?」

既に芝居は始まっている。声は涙で湿っていた。

「私ね、あんたのこと好きだったんだよ。好きだったのに、それに気づかなかったんだ……私、ちょっと馬鹿だろ。だからあんたのこと大好きだったのに、てんで気づかずに嫌われることばっかやっちゃったよ……聞いてるのか」

「アア」

軍平、慌てて相づちをうった。

「あんた、本当にいい人だよ、本当に好きになったよ……けどさ、そう気づいたら、あんたにだけは、他の男みたいにつきまとっちゃいけないと思ったんだ……あんたには、もっと優しい、綺麗で、普通の、幸福そうな女の子の方が似合うよ……私はダメな女だから」

「ウン」

「だからさ、これで終りにしようと思うんだよ。最初も一方通行で押しかけただろ、だから最後も一方通行で引き退るけど……本当はバイバイより、ありがとうって言いたいんだけど……」

「アア」

「……バイバイ」

聞きとれぬほどの小声で言って、しばらく軍平の沈黙を必死に聞きとろうとでもするように、ただ黙っていたが、やがてそっと受話器を置く音がした。それきり電話は鳴らなかった。途中から宵子は本当の泣き声になっていた。芝居とはいえ上手いものだ、あれなら文化祭でもきっと成功するだろう、そう思いながら、テーブルの上にのっている宵子の写真を眺めた。昨日貰った露草会の写真だった。本当にあどけない顔で、その写真で見るかぎり宵子は、温順しい、綺麗で、普通の、幸福そうな娘だった。宵子の涙声がまだ耳に残っており、写真の目は涙をためてじっと軍平を見つめているようだった。軍平、訴えるように見続けるその写真の視線に恥ずかしささえ覚えて、思わず顔をそむけた。

その時である。軍平の頭の中で、思考が回り舞台のように、ぐるりと回転した。軍平しばらく腕を抱え考えこんでいたが、

「アー」

何かの失敗に気づいたように、語尾をひきずって叫ぶと、電話にとびついていた。

今度の事件の所轄署にダイヤルをまわし、ヤッちゃんこと、加納康彦刑事を呼び出してもらった。運よく加納刑事は、まだ署にいた。

「スミマセン、時間を下さい。話したいことがあるんです」

「今から、青雅館へ行こうと思ってるんです。実はこの間、劇場へペンを落としてきたらしくて……」

「恰度いいです。できればあの劇場の中で話したいと思っていました」

三十分後、軍平は、加納刑事と二人、青雅館の舞台に立っていた。芝居がはねたばかりで、客席は空っぽなのに、まだ熱気のようなものが燻ぶっている。掃除夫や、道具係が、二人の周囲を忙しそうに動きまわっている。

「やっとわかったんです。今度の事件の真相が……」

眼鏡越しに視線を遠くして客席を眺めていた軍平は、ため息と共にそう切り出した。

「誰が殺したかがわかったんですか」

驚いてふり返った加納刑事は、軍平が怒ったような沈痛な顔をしているので、つき合うように、ネクタイを締め直し、真面目くさった顔になった。軍平は首をふった。

「今度の事件では、〝誰が〟とか〝どうやって〟とかは大して重要ではありませんでした。問題は〝なぜ〟です。なぜ、彼女が自殺したかです」

「自殺？——しかし、青井蘭子は射たれたのですよ」

「射たれるという形で自殺する方法はありました」

「どういう方法です」

軍平は、また首をふると、

「方法よりも、〝なぜ〟です。そう言ったでしょう」

「しかし、自殺の動機らしいものも発見されてはいないんですよ」

「そう、彼女にも最初から本当に死ぬつもりはなかった。舞台にあがったときはまだ賭けでもする程度の気持しかなかった。しかし芝居の途中で、本当に死ぬ気になったのです。芝居の途中で彼女に死ななければならない理由が突如生じたのです――彼女は芝居の最中、客席に、それを見てしまったのです。それが彼女を最終的に自殺に追いつめました」

「ちょっと待って――芝居の間は客席は暗くなるでしょう。舞台、つまりここから、客席の、その何が見えたのでしょうか」

「あの日はむしろ舞台の方がうす暗かったんです。それに二幕の最初には、彼女は背後に照明をずらりと並べ、逆光の影だけで演技をしたのです。つまりあのときは、客席の方が、ライトに泛びあがっていたわけです。彼女には、それが見えたはずです……見えすぎるほどに……あの時のライトなら、一番遠い隅の席まで見えたでしょう」

「しかし、一体何を見たんです。誰が何をしているところを……それを見たために、死に追いつめられてしまった、それほどのものというのは何なんですか」

軍平は、舞台の中央に立ち、ゆっくりと客席を眺めまわし、辛そうな沈んだ声で、

「人生です――自分の」

独(ひと)り言を呟くように答えた。

「人生？　どういうことですか」

軍平は、それには答えず、

「さっき、やっとわかりました。ある女性の顔写真を見ていて……あの日蘭子さんが招待した、たった一人の客というのが誰だったか」

「誰です、北原ですか」

思わず大声になった加納に、軍平はゆっくりと首をふった。

「じゃあ桜井ですか」

藤川、小野、大倉、――次々に加納があげる名の全部に軍平は首をふると、

「あの日の芝居を、青井蘭子はただひとりの観客に見せるために開いた。そして彼女が招待した唯一の観客とは彼女――つまり青井蘭子自身でした」

6

「あの日、この劇場はいつもと全く違う、特殊な構造――というよりいつもとは全く逆の構造をもっていました。あの晩、この劇場では、舞台が客席であり、いつもの客席が舞台だったのです」

軍平は、やっと客席から目を加納に移した。

「そうでしょう？　あの日確かに彼女は、自分の人生をドラマ化した芝居を、この舞台で演じていました。題名もそのものズバリの〝私の人生〟――しかし二時間近くに要約された芝居より、彼女の四十五年の人生は、客席の方にもっとはっきりと見てとれたはずです。芝居には、六人の婚約した男が、それもただ台詞の中に名前だけで出てきただけです。しかし客席の方には、死んだボクサーを除く、残りの五人がちゃんと全員登場していたのです。五人の婚約者だ

けでなく百人近い男たちが――彼女の仕事のライヴァルや恋敵が――彼女が愛し、ベッドを共にし、あるいは嫌い、憎み、傷つき、苦しめ、苦しめられた――つまり彼女と何らかの関わり合いをもった男女が――泣き、笑い、怒り、四十五年の間に、すべての感情を共にした相手が、現実の顔として、肉体として登場していたのです。あの日の客席の顔は、彼女の履歴書の一字一語一文だったといえるでしょう。百人を超える客たちは、彼女の演技を見ながら、実は、自分たちこそが、それぞれの顔で彼女の演技よりもずっとリアルに、豊かに、彼女の人生を演じていたことに気づかずにいたのです。――彼女はそれを見ていた唯一の客でした。それを見るために、あの日のたった一晩の公演を企画したのです」

「なんのために?」

加納は、腕を組み、むっつりと、まるで睨めっこでもするように軍平を真っ正面から見据えて聞いた。

「彼女は、この数カ月、生きることに疲れ果てていたのでしょうね。ある日、今までただ前進の姿勢のみで生きてきた彼女は、ふと立ちどまり、過去をふり返ったんです。そして、その時に、自分が四十五年の間に背負ってしまい気づかずにいた過去の重さを、一度に感じとってしまったのです。そうして、生き続けていくことに、ふっと空しさを覚えた――」

「そうは見えなかった。事件の朝も彼女はショー番組で幸福そうに今後の抱負を語っていた」

「彼女は女優でした。幸福そうに飾った女優としての笑顔の下には、疲れ果てた一人の女の顔があったのです。彼女は四十五年の人生がいかに空虚なものだったかに気づき、この数カ月、秘かに苦しんでいました」

「死のうとまで思いつめていたと言うんですね」

軍平は肯いた。

「しかし、死ぬことは、完全に敗北を認めることです。勝気な彼女は最後のギリギリまでその敗北を認めたくなかった。自分の人生は決して空しいだけのものではなかったはずだ、なにかが、生きている証しとも呼べる何かがあったはずだ……それで彼女は、自分の人生をもう一度この目で確かめてみたいと思ったのですよ」

「今度の公演がそれだと言うんですね。自分で自分の生涯を演じるのを名目にすれば、自分と関係をもった者を一挙に一つ箇所に集めることができるし」

「そうです。自分の芝居はあくまで名目に過ぎず、彼女にとってあの日の公演とは、百数人の登場人物が演じるドラマだったのです。その客席でのドラマにこそ、彼女は〝私の人生〟という題をつけたのでした」

「舞台の方を暗くしたり、客席に照明を浴びせたのもそのためだったと？」

「ええ。彼女は自分でも勿論芝居を進めながら、客席で演じられている、自分の芝居などよりずっと鮮明で、具体的な〝私の人生〟を観ていたのです。あの日の本当の意味でのたった一人の観客として——舞台に情熱を捧げ続けた彼女は、あの夜初めて一人の観客にまわったのです。すべての役を演じた彼女でも、舞台では絶対に演じられなかった一つの役——観客の役を演じていたのです」

加納は、何度も肯いた。自殺の動機がわかってきたと言いたげだった。

「あの日、舞台に——客席にとっては舞台であり、彼女にとっては客席である場所に上がったとき、彼女はまだ希望を捨てずにいました。皆が私に熱い眼差を送るだろう。誰もが私を愛し、必要としているだろう。以前の女とヨリを戻した実業家は、私の美しさに圧倒され後悔の色を目に泛べるだろう。演劇界の長老は、私の女優としての才に改めて驚き、称讃に目を輝かし、私をもう一度劇団に呼び戻したいと考えるだろう。私のために罪を犯した刑務所帰りの男は、今後も私の昔の面影と共に生きていく決意を目にあらわすだろう。……」

「しかし、実際には、北原は途中で出てしまい、藤川は彼女の芝居などには目もくれず、大町秋子と帰りの食事の相談をし、桜井も、昔の女と席を立ってしまった……」

「重要人物だけではありません。百人の客全部が舞台の彼女にほとんど関心を払いませんでした。ある者は欠伸を噛みしめて煙草を吸い、ある者は馬鹿馬鹿しくなって眠っている——おそらくあの夜、彼女の演技にうたれ、舞台に魅入っていたのは僕と宵子さんの二人だけです。彼女はそのすべてを自分の人生を、ありのままに見てしまったのです。誰の目にも自分はもう過去の色褪せた遺物でしかないのだ——彼女の目にも百の顔は、遠い過去の遺物に映りました。自由奔放に生きてきた四十五年の人生がこんな百のガラクタ同然の顔となって砕けているのだ、そう思ったとき、彼女は敗北を認めたのです。客席の顔が演じるドラマにはハッピーエンドは似合いませんでした。恰度、彼女が舞台で演じていた〝私の人生〟も最後の悲劇の幕をおろそうとしていました。彼女はこの時の女の心理を、過去のどんな女優も表現できなかった完璧な表現で演じました。なぜなら、彼女自身が、敗北を認め、死のうとしていたのですから」

「その自殺方法ですが、彼女は一発しか弾丸の入っていない銃をつかって、どうやって舞台で二発の弾丸を発射させたのですか」

「簡単なことです。客席の下から発見された弾丸は、あの日舞台でガラスのドアを射ったものではなく、舞台の始まる前に射ちこんでおいたものです。当日彼女は、玩具のピストルを体に隠しもって舞台にあがった。もし客席でのドラマがハッピーエンディングなら、本物の銃で、ガラスの扉を射ち、玩具の銃を最後に登場した影の男に射たせるつもりだった。敗北を認めなければならないのならば、ガラスの扉を玩具の銃に指輪のダイヤをこめて射ち、その後、玩具の銃は、脚本と共に暖炉の火で焼き捨て、本物の銃を影の男に拾わせるつもりだった。もちろん彼女が選んだ結末は後の方でした」

「しかし、なぜそんな煩(わずらわ)しい自殺方法をとったのです?」

「自分が敗北を認めて自殺したとは思われたくなかったのでしょうね。他殺に見せかければ当日の客全員を一応容疑者に仕立てることができる。客席を埋めた百人への――つまり自分の人生への復讐だったのかもしれません」

「最後に銃を射ったのが誰かはわかりませんか」

「そこまでは……それにその人物は、何も知らず、彼女の自殺につきあわされただけです。今度の事件とは無関係です」

軍平は、客席に目をむけた。いつの間にか掃除夫の姿も消え、すっかり冷えきった空気と、灯をわずかに残しただけの薄闇の中に、空白の椅子が段を重ねて並んでいる。先刻までは祭り騒ぎだったろうこの劇場も幕をおろせば、こんな虚しい、ただの広がりしか残さないのだ。

あの晩も一人の女優が客席に見ていたのは、百人の客の顔ではなく、これと同じ空白だったのではないだろうか――


「さっき写真を見ていて気づいたと言いましたね。あれは、どういうことですか」

加納ヤッちゃん刑事が思い出したように言った。

「偶然、ある女性の顔写真を見ていたんですよ。僕がその顔を見ているのに、その女性の方が僕を見ているような気がしたんです。その時思ったんです。あの晩の青井蘭子の視線にもこれと似た錯覚があったのではないか――彼女は女優として、見られていたのではなく、一人の女として、舞台になった客席を見ていたのではないかと」

軍平は、静かに言葉を閉じると、最後にもう一度、劇場全体をゆっくりと眺めまわした。

幕がおり、客が去り、この空ろさが劇場の素顔なら、女優として生きた一人の女の人生も一つの劇場だったのではないか。

誰もいない、何もない劇場――

軍平は、深いため息をついた。


翌年の春、軍平と宵子は、偶然街角で出会った。通り雨に降られ、軍平が狭い軒の下で肩をすぼめ雨宿りしていた時である。相合傘の二人連れが通りかかった。女の方は、男が傘からはみ出して不機嫌そうな顔をしているのも気にせず、やたら男の体にまとわりついて、嬉しそうな笑い声をあげていた。それが宵子だった。短い髪には似合わない大きなリボンのついた少女のような服を着ていた。

あれから間もなく、軍平は、青年医師広川雪夫の死を加納から報(し)らされた。青井蘭子に頼まれて影の男の役を引き受けたのは自分だという簡単な遺書を残し、蘭子の後を追ったとも受けとれる自殺だった。一人の女が死に、一人の男が死に、あの電話を最後に宵子もプイと姿を見せなくなった。数日間自分の手の中で戯れた一匹の野良猫の、人なつっこい感触だけが軍平に残っていた。

通りすぎる間際に、花柄の傘から目を覗かせて、宵子は軍平を見つけると、男の手から傘を奪いとり、軍平の方に駆け寄ってきた。「サオリ！」男が大声で呼んだ。新しい飼い主を見つけて、野良猫はまた別の名に変わったらしい。

「これ――」

とだけ言って軍平の手に傘を握らせ、もう宵子ではなくなった一人の娘はほんの一瞬、懐しそうに、眩(まぶ)しそうに軍平を見つめ、男の方へ戻った。

「なんだよあの男――俺たち濡れるじゃないか」

「いいだろう、アタシの傘なんだからさ」

不満そうな男の腕を、引っ張ると、びしょ濡れになって走り去った。軍平、貰った傘をさすのも忘れ、雨の中にいつまでも滲(にじ)んでいるうす紫の服を、ただ黙って見送っていた。

紙の鳥は青ざめて

〈晶子〉

犬は歩くと棒にあたるらしいが、田沢軍平は歩いていて犬にぶつかった。正確にいえば、大の男が昼日中から狭苦しいアパートでごろごろしているのも何だと思い、あてもなく歩いていると、突如、ある家の門から犬がとびだしてきて、足首に咬みついたのだ。もっと正確にいえば、犬らしきものである。いったいどんな種類なのか、体つきは確かに犬なのだが顔は膨れすぎた猫である。毛並が三色の斑になっているのも、「あっ」と驚き、咬みつく間際にふり払って二歩三歩、しりぞいた軍平を見あげてたてた鳴き声の「みゃんみゃん」と妙に弱々しいのも、犬より大型の猫である。弱々しいながら何かを必死に訴えている。腹でも空いているのだろうが、俺の腹も空っぽなんだ……構わず通りすぎようとして、軍平、ふと足をとめた。その家の石垣の下方に、夕化粧のひと叢が、はや暮れなずんだ夏の宵に、そこだけ午後の光を残したように白く咲き乱れている。ゆるやかな坂の両側にマッチ箱同然の家を連ねた安手の住宅街だが、花のせいでその家にだけ風情が感じられる。

どんな人が住んでいるのだろう――と訝る必要はなかった。軍平が立ちどまると同時に背後からふたたび襲いかかり、ズボンの裾に咬みついた犬、いや犬のような猫か猫のような犬に引っ張られて、一分後には軍平、その家の居間で、家の住人と対面したのである。

その家の住人は三十一二、紺地の着物がよく似合う肌の白い女性で、居間のソファに横たわり、右手にはナイフを握り、袖から溢れだした左手の手首にはうっすらと血を滲ませ、気を失っていた。

さらに正確にいえば、軍平、犬にではなく、その女性と一つの事件にぶつかったのだった。

1

「どなたですの……」

その美しい女は、軍平が頰をぴしゃぴしゃと叩くと、やっと薄く目を開き、最初にそう尋ねた。自分が何をしたかもすぐには思いだせず、幸福な夢から目ざめたように、淡い紅の唇に微笑を浮かべている。軍平、自分の名と二十六歳という年齢や歩いて一時間近く離れた小さなアパートに住んでいることを口上のように大声で述べた。髪が薄く、大きなどんぐり目に野暮な眼鏡をかけ、決して二枚目でないことは、相手の目に見えているから言う必要はなく、大学時代空手の試合で相手に生涯の傷を負わせてしまってからは、幸福に生きたらその男に済まない気がして、就職も棒にふり今もって定職ももたずぶらぶらしていること、つまり見かけによらず気弱で女々しいことは言えなかった。

「偶然この家の前を通ったら、それが……」

部屋の隅で、もう自分の用は済んだというように呑気な顔で尻尾をなめているそれを指さした。それの鳴き方が異常なので、玄関脇の窓を覗いたら、カーテンのすき間から血の滲んだ手首が床に垂れていた。鳴き騒ぐそれに導かれ、裏口から家にとびこんだのである。

「じゃあ犬が命を助けてくれたのね」

「………」

「えっ？」

「……やっぱり犬でしたか」

真面目腐った言い方が面白かったのか、その女は今度ははっきりと笑顔になり、だがそこで、軍平が応急手当に自分の白シャツを破って巻きつけた手首に気づき、視線を翳らせた。

「大丈夫です。血はもうとまってますし、大した傷ではありません。後で薬でも塗れば……」

その女は起きあがると着物の裾を直そうとして、夏足袋の鞐がはずれていることに気づいた。はめようとしたが、上手くいかないのか少し苛だった指で脱いでしまうと、絨緞の隅に投げた。若い男の前で片足だけ素足になるのは不精な仕草だったが、藍色の裾からこぼれだした片足はまだもう一枚薄物をまとっているように白く、仕草の崩れにもかえって年齢に似合った美しさのようなものがあった。

ほつれ髪を横顔に流して、その女はぼんやり部屋におりた夕闇を眺めていた。円らな目より眉の細さが気にかかる女だった。

「ほんとうに死ぬ気ではなかったの。本当に死ぬつもりがあるなら、血を見て気を失ったりしませんわ」

呟いてから、言葉もなく突っ立っている軍平をじっと見あげた。

「どうして死のうとしたか、聞かないのね」

「いや、話したいなら聞きます」

「……話したくないわ。これ以上恥さらすのは厭ですもの。私、この半年間自分の置かれていた立場を誰にも話していないの。どのみち近所づきあいもしてないし、特別な身寄りや友人もいないけれど」

「……体から血を流し出すより、声を出すほうが楽でしょう」

つぶらな瞳とは不釣合に、軍平を見あげて気丈に張りつめていた視線を、ふっと折り、唐突に聞いた。

「あなた、お腹空いてるんじゃなくて」

軍平の腹の虫の鳴き声が聞こえたらしい。軍平が赤くなると、

「晩御飯の用意をするわ」

「いや……あの」

「御飯食べながら話を聞いていただきたいの。不思議ね、通りすがりの人なのに、あなたには全部話してしまえそうだわ。お昼に買ったお肉があるの。心配なさらないで。やはり本気で死ぬつもりじゃなかったのよ。本気で死のうとしている人が、昼にスーパーでお肉なんか買わないでしょう」

自分に言い聞かせるように言ってから、部屋に灯を点し居間を出ていったが、すぐにまた男物のシャツをもって戻ってきた。

「ごめんなさい。あなたのシャツ破かせて……夫のですけどこんな古いのしかなくて。新しいのは出てく時にあの人みんなもっていってしまったので……着がえて下さい」

ひとりになって早速に着がえてみると中肉中背の軍平に恰度いいが、大学時代空手で鍛えた太い腕だけが少し窮屈だった。十五分もしてスキ焼きの用意をして戻ってきたその女はすぐにそれに気づき、

「明日にでももう一回り大きいのを買ってもっていきます」

詫びて、遠慮する軍平の口から無理に住所を聞きだした。

「遠慮しないで食べてください。命を助けていただいたお礼だわ……」

「いくらです、この肉……」

軍平、肉をつかみかけた箸をとめた。

「百グラム三百二十円。なぜ？　安い肉じゃお口に合わない？」

「いや……あなたの生命も百グラム三百二十円なんですか」

「……」

「そんな安くないでしょう、生命は」

不意に怒りを帯びた軍平の声に、彼女はちょっと面喰らった容子だったが、すぐに軍平の言いたい意味に気づいたらしく、無理に微笑をつくった。

「でも時々安くなるのよ。三十分前にはこの牛肉より安かったわ」

「しかし」

軍平の言葉を遮るようにそっと首をふり、しばらく弟を見る姉のような目つきで軍平のムッツリした顔を眺めていたが、

「優しいのね」

一言しんみりと呟くと、急に声を大きくし、先刻の軍平を倣るように「織原晶子。三十一歳。五年前織原一郎と結婚。一年前、亭主蒸発。正確にいえば夫織原一郎は山下由美子と駆け落ち。目下神田の料亭で仲居をしながら独り暮し」一気にいってから、視線を外らし、「山下由美子は私の妹なの」小声で言った。

一時間後、窓の外の小さな庭に夏の夜が落ち、鍋の中身が無くなるころには、軍平、織原夫妻の家庭の事情についてすっかりその妻の口から聞きだしていた。

恋愛結婚で幸福だった織原夫妻の生活に影がさし始めたのは、二年前夫一郎の勤めていた金属製品の会社が不況で倒産してからだった。明朗快活の見本のようだった夫が倒産と共に人が違ったように暗くなり、次の仕事も探そうとせず、終日ぶらぶらしては競輪やギャンブルに手を出すようになった。貯金はすぐに底をついたし、家のローンもまだ半分以上残っていた。見兼ねた晶子は神田の「鈴亭」という一流料亭旅館で仲居の仕事を始めたが、これが却って夫婦の決定的な溝となってしまった。晶子が泊りの仕事で留守にしていた際、芸能プロダクションに勤めている二つ違いの妹の由美子が家を訪ねてきて、夫と親密になってしまったのである。

軍平も名を知っている芸能プロで働いている妹は、姉と違い、性格も派手で、以前からも姉の夫にはなれなれしい仕草を見せていたらしい。自分の稼ぎで夫と妹が新宿のホテルに行っていると知って、晶子はさすがに腹を立て、夫を咎めた。夫は二度と由美子と逢わないと言い、由美子もこの家の敷居はまたがないと約束したが、結局二人は晶子の目を盗んで関係を続けていたらしい。昨年の秋の終り、晶子が二日の泊りの仕事を終えて早朝に戻ってくると、テーブルに〝由美子とよその町で暮すことに決めた〟という簡単な置手紙が残されていた。新品の衣類だけを持って夫は妹とともに駆け落ちしたのだった。

行先の見当もつかず困っていると、一カ月が過ぎ年末も迫るころ、夫から一通の封筒が届いた。自分の署名だけをした離婚届が入っており、「これに二人分の判を押して区役所へ出してくれ。自分は由美子と結婚する決心だから俺のことはもう忘れてほしい」とだけ書き添えてあった。それだけが四年間の夫の別れの言葉だった。

妹の由美子にも同じプロダクションに勤める夏木明雄という婚約者がいた。同じ裏ぎられた立場である夏木に晶子は夫の失踪直後から相談をもちかけていたのだが、封筒を見て夏木は、「二人は金沢に行ったに違いない」と言った。切手の消印が金沢の郵便局だし、由美子は以前から一生住むなら金沢の町がいいと言っていたという。夏木はすぐに長期の休暇をとって金沢に行き、小さな部屋を借りて町中のアパートを探し、晶子も休日ごとに金沢まで通っては探索を手伝った。

町の片隅のアパートに夫と妹の愛の巣をやっと見つけたのは二月の初めだった。夏木からの連絡で慌てて金沢にむかい、夏木と二人でそのアパートを訪ねた。妹は酒場勤めをし、夫は以前通り何も仕事をせずぶらぶらしており、日陰者のような荒んだ暮しぶりだった。四人で話し合ったが何の解決もないまま、晶子はまた出直すつもりで、一人宿にもどったのだが、その晩のうちに夫と妹はアパートを引き払って再び逃げたのだった。そればかりではない、その晩を境に夏木の行方までがわからなくなってしまった。金沢で借りていた部屋にも東京のアパートにも戻っていない。夫たちが住んでいたアパートの管理人から二人が新潟の方へ行ったらしいと聞いて晶子はともかく新潟へ行ってみたが、どこをどう探したらいいか見当もつかぬまま、仕方なく東京に戻り、夏木の勤めていたプロダクションに行ってみた。そしてそこで意外な話を聞かされた。経理担当だった夏木は一千万を使いこんで、正月明けから行方をくらましているという。杜撰な経営をマスコミに叩かれると困るから警察には届けていないが、もし夏木から電話でも入ったら至急連絡をしてくれ、と反対に晶子のほうが頼まれて戻ってきたのだった。そしてそれから今日まで半年近く三人の誰からも連絡はなく、晶子はただ一人仲居の仕事を続けながら、この家のローンを払い続けているのだという。

「するとその夏木という人が一月に金沢へ行ったのは妹さんを探すためではなく、東京から逃げだすためだったのですか」

　長い晶子の話を聞き終えて軍平は尋ねた。

「わからないの。私はただ休暇をとったという言葉を信じてたし、逃げているようには見えなかったし……でも私以上に必死に二人の行方を探していたのは事実です」

軍平には、夏木が一千万を使いこんだ事件と、織原たちの蒸発事件とがどこかでつながっている気がしたが、それを口には出さなかった。

「何度も、もう全部忘れて、離婚届もだしてこの家も引っ越そうと思ったのだけれど、やっぱり裏ぎられたのが口惜しくて……いいえ口惜しいというより淋しくて……さっきも仕事にでかけようと思って化粧した自分の顔、鏡でみてたら、ふっとみんなに棄てられたのだと思えてきて、急に淋しくなって、気づいたらナイフ握ってたの」

しんみりとしてしまった軍平に気づくと、晶子はむしろ自分の方から慰めるように、笑顔になって麦茶を注いだ。

「でも不思議ね、誰にも話せなかったのよ、こんな恥ずかしい話。隣近所の人だって夫がまだ家にいると思ってるわ。この辺近所づきあいが全くないでしょ、私も隣の家に誰が住んでるかよく知らないけど……それがあなたにだけは話せたんですもの。あなたのいう通りだわ。血より声を出すほうが楽。ずいぶん気が楽になったわ」

事実、白粉(おしろい)をはいたような白すぎる肌にはほんのりと赤く、生命の色がもどっている。

晶子はテレビの上に置かれた写真に目を流し、

「私の右が夫。夫の隣が夏木……」

と言った。去年の春、遊び半分に妹の由美子が撮(うつ)したものだという。晶子の夫は男としては色が白く、頬が尖(とが)って神経質そうに見え、少し離れて立っている夏木は端正な顔だちだが、使いこみの話を聞いたせいか、浅黒い肌が健康的というより、どこか暗い影でも染みついたようた。金魚鉢に感じられる。だがその写真より、軍平の目は横のサイドボードの鳥籠にひきつけられた。一人暮しで淋しいのだろうか、狭い居間には花を溢れさせた花瓶がいくつも飾られ、金魚鉢も三つ置かれている。鳥籠の鳥も最初は本物かと思っていたのだが、よく見ると紙である。青い色紙で雲雀（ひばり）のような形に折られている。

「逃げてしまったの」

晶子がふと呟いた。

「……？」

「いいえ、主人ではなく十姉妹（じゅうしまつ）……空の鳥籠が淋しかったから、自分で折ったの」

晶子はそう言ったが、電灯の光に影を長くのばし羽を閉じてじっとしている紙の鳥は淋しそうに蒼（あお）ざめて見え、却って何もない方がいいのではないかと思えた。それを見守っている晶子の視線も青く染まっている。

軍平は何か晶子の気を晴らせそうな言葉を言いたかったが、結局何も言えないまま、晶子と犬に玄関まで送られてその家を出た。夏の夜にしては涼しい風が門灯の光と闇を揺りまぜる中に、石垣の夕化粧は夕暮れどきよりいっそう白く浮きたって見える。かぼそく震えながらも勝気にその静かな色を夜風に奪われまいとしている。

花の表情は、織原晶子が意識をとり戻した瞬間に見せた淡い微笑に似ていた。

2

翌日の朝早くに、織原晶子は軍平のアパートを訪ねてくると、約束のシャツのかわりに昨日の朝刊をさしだした。細い指がかすかにふるえながら、社会面の一隅の記事をさした。

群馬県白根山中腹の林の奥深くで、死後六カ月は経過した男女の腐乱死体が発見されたという記事である。推定年齢は男が三十代半ば女が三十前後、手首がネクタイで結ばれており情死したと想像されると記していた。

「今朝気づいたの……年齢も身長も主人や妹に似てるんです。六カ月前というと、ちょうど金沢のアパートから二人が消えたころだし。私、今から行ってみるつもりだけれど……もし時間があるなら、あなたにも一緒に行ってもらえないかと思って……」

軍平は肯いてから、時間はあるが金がないことに気づいた。

「費用は全部私がもちますから……」

軍平の気持を見透かすように言って、晶子は軍平の腕を握ると目で必死に訴えた。軍平、体中が赤くなって、そこで初めて下着一枚であることに気づき、慌てて服を着た。

「ごめんなさい。シャツのこと忘れてたわ」

軍平が着た昨夜のシャツを見てやっと晶子は思いだしたようである。新聞記事を見ていったいどうしたらいいかわからぬまま、昨日、自分の命を救い、話を聞いてくれた若者の顔を思い浮かべ頼ってきたに違いなかった。

一時間後、軍平は晶子とともに上野駅から上越線の列車に乗りこんでいた。窓際にさしむかいに座ったが、晶子は無言のまま視線をそらし、窓のむこうに夏の光とともに流れる風景を、ぼんやり見守っている。長袖のブラウスで手首を隠し、慌てて梳しつけてきたのか髪に乱れがあり、化粧っ気のない素顔の目尻には薄くしみもにじんで、今日の晶子はそのままエプロンをつけたら、ごく普通の主婦とかわりなかった。しかしそれだけに肌の白さはいっそう目立って、トンネルに入ると窓の闇がその白さだけを選りすぐったようにガラスに映しだす様は、やはり昨夜夜目に見た花であった。トンネルに入る度に窓の顔は白さを浮きあがらせていく。つき合わせた膝が気になり、軍平、両脚を揃えてぎごちなく座っていた。

弁当を売りにくると「お腹空いたでしょう」晶子はやっと言葉を口にし、弁当を買うと自分は食べたくないからといって、二人分を軍平の膝に置いた。そして閉じかけた財布をふたたび開くと、一万円札二枚をとりだし、いや一枚にするか二枚にするか細い指はちょっとためらってから結局二枚をとりだし、軍平のシャツのポケットに押しこんだ。

「お礼……少ないけど」

「いや、金じゃないから……」

軍平が割箸をつかんだまま慌ててポケットに突っこんだ手を、晶子の五歳年上らしい落ち着いた手が柔らかく包みこんだ。

「私の命、安くないって言ってくれたでしょう？　それにさっき管理人さんに部屋を尋ねたら、早く部屋代払うよう言ってくれって怖い顔されたわ」

微笑した目が軍平を黙らせた。礼とも肯くともつかず頭をさげ、軍平屈みこんで弁当をかきこみ始めた。今、この女は淋しいのだと思う。夫や妹や、すぐ隣にいたはずの者がみんなどこかへ去っていって誰もいなくなったところへ、突然野良犬のような男が迷いこんできたのである。その野良犬に優しくすることで自分の淋しさを埋めあわせようとしているのだ。――事実、晶子は弁当を夢中でかきこんでいる軍平の顔を、優しい笑顔で見守っている。軍平「うまいですよ、これ」ぎごちなくお世辞を言いながら、ただ一生懸命に弁当を、その女の優しさを、淋しさを食べ続けた。

上越線から吾妻線に乗りかえ長野原で降り、土地の警察署に到着したのは午後一時をまわる時刻だった。死体は腐乱状態がひどく、見てもわからないからと遺留品だけを見せられた。

男の方は紺の背広上下とコート、靴と靴下それに財布と腕時計、女の方は衣類だけでセーターとスカートが赤だった。死臭を伝えるように擦り切れや汚れがひどい。

「衣類は全部既製品だから、今ん所、身元の手懸りはこの腕時計だけです。舶来の年代物で何度も修理したらしいです。文字盤にはっきりSの字みたいな傷があるでしょう」

「この時計、どちらの手にはめてたのでしょうか」

「ええと……左手ですね」

「だったら違います。主人は左利きで普通の人とは反対に右手にはめてましたから……それに時計にも衣類にも全く心当りありません。妹は赤が大嫌いで、赤いものはいっさい身につけませんでしたから」

　晶子はきっぱりと言うと、ふと声を落とし、

「この二人、殺されたということはないんでしょうか」

　と聞いた。軍平はおかしなことを尋ねると思ったが田舎びた顔の係官は別に不審をおぼえた容子もなく、

「そういう意見もでてますよ。状況からは男がナイフで女の喉をかききり自分も胸を突いて死んだか、その反対かどちらかと思われるんですが、ナイフが死体からずいぶん離れた位置に落ちてましたからね。まあ死ぬ直前に思いきり投げただけのことかもしれませんが」

　心なしか蒼ざめて係官の話を聞いていた晶子は丁寧（ていねい）に礼を言ってたち去ろうとしたが、すぐにその足をとめ、

「念のために遺体も見ておきたいわ」

　呟くと、軍平の返事も待たず、係官のところへ戻った。

「大丈夫ですか。あなたがたで四人目ですが、昨日の女性は卒倒しましたけど」

　係官の心配そうな声に、晶子は「大丈夫です」と小さいが勝気な声で答えた。連れていかれた一室には、蛍光灯の光だけの寒々としたなかに木目の新しい棺が二つ並んでいた。頭部だけにした方がいいと言って係官はわずかに蓋（ふた）をずらせただけだった。晶子は片手でハンカチを口もとにあて、もう一方の手で軍平の腕を握り、中の闇を覗きこんだ。横顔の視線は静かだが、

軍平の腕を握る手には信じられないほどの力がこめられている。もう一つの棺を覗き終えると、晶子は首をふり、

「やはり、違うようです」

ため息をつき、一度軍平を見上げてから目を閉じた。闇の中に今見たものを捨てたいというように——

「よかったですね、別人で」

駅にもどり駅前の小さな喫茶店に座ると、軍平は言った。晶子は窓のむこうの広場をぼんやり眺め、

「でも死んでくれてたほうがよかったのかもしれない……死んだら忘れるほか、することがないでしょう」

呟いてふと駅前にとまっているバスに目をとめた。

「白根火山へ上るバスがあるのね……いってみたいわ」

今からなら陽が落ちる前に駅へ戻ってこれそうである。軍平は賛成すると、すぐに立ち上がった。死体安置場で晶子が目に焼きつけてしまったものを、綺麗な風景で洗い流したほうがいいと思ったのである。

夏休みに入ったせいで子供連れや学生風の若者でごった返すバスにのりこみ、一時間ほどこを走っているかもわからぬまま揺られて、火山口でバスから吐き出されると、突然、空が視界いっぱいに広がって見えた。バスは相当な標高をのぼりつめたらしい。休憩所のむこうに白

然の岩膚が古代ローマの競技場を想わせる形状に浮きあがり、その内側が火口だという。人の流れについて、褐色というより白色に近い岩膚をのぼっていくと、突然思いがけない色が眼下に広がった。火口湖の色である。コバルトを溶かしこんだ鮮やかな空色が周りの岩膚の白色とくっきりと対比を見せ、視界にはその二色だけしかない。空はただ透明で、まるで夏の溢れるほどの光が、空にあった青味をすべてその湖へ払いおとしたように見えた。

だがその美しさはほんの一分も続いただけで、みるみるうちに空が灰色に翳り、と思うと、霧が湖の表面をすべり、瞬く間に湖の色を隠した。皆が慌てて引き返そうとする中で、晶子一人がその霧のむこうにまだ湖の色を追って静かな横顔で立ちつくしている。軍平が声をかけると「ええ」晶子は微笑でふり返り、下り始めるとすぐに軍平の腕にすがった。二十四時間前まではまだまったくの他人だった女と腕をとりあいながら、霧に追われるようにして道を下り、何とか休憩所まで戻った。ふり返ると先刻まで聳えていた火口のコロセウムは、束の間の幻影にすぎなかったように、霧に覆いつくされ、視界から完全に消滅している。

「なにもかも消えてしまうのね」

晶子は淋しそうに言ったが、湖の色は気持の澱を洗い流したようである。警察署を出てからずっと暗かった顔に明るさが戻っていた。バスで駅に引き返し、軍平は晶子に、このまま寄りたいところがあるから一人で帰ってほしいと言った。

「どこへ?」

「大した所じゃないです。明日の晩には東京にもどります」

「じゃあ、明後日の午後にでも家へ電話して」

晶子はバッグから電話番号を何かに書きつけようとしたが二人とも筆記具の持ち合わせがなかった。晶子はバッグから眉墨をとりだすと、軍平の右腕をとり、そこに小さく七つの数字を書きつけた。

「囚人番号のようになってしまったわね」

悪戯っぽく笑ってから、ふっと真顔になった。

「お風呂に入っても、この腕だけは洗わないで戻ってきてくれる?」

軍平、黙って肯いた。晶子の列車が来るまで、二人は喫茶店に入り、その間に軍平は晶子の口から何気なく、金沢で夫や妹が仮住居していたアパートの名と所番地を聞きだした。三十分後、改札口に晶子を見送ると軍平は金沢までの切符を買った。軍平は何とか晶子のために蒸発している夫を見つけてやりたかったし、そのためには金沢へ行けば何か手懸りが得られるかもしれないと思ったのである。晶子に黙っていたのは、晶子ならそこまでしなくてもいいと反対しただろうし、行っても何がわかるか自信がなかったからであった。

3

北陸本線で金沢に到着したのは、早朝だった。駅前は他の都市と変わらず近代的だが、やはり東京とは違って夏の早朝の光にも静寂がある。駅を離れて五分も歩くと街並のところどころに旧式な家が残って、色褪せた中にかえって歴史の息吹が感じとれる。

　晶子から聞きだした昭和荘というアパートは、四百年の城下町からはずれた工場街の一郭にあった。その薄汚れたアパートに晶子の夫と妹は、田中清、良子という偽名で住んでいたらしい。しかし名前は出さずとも、昨年末から二月初めまで部屋を借りていた男女だというと、初老の管理人にはすぐにわかった。軍平が、その男の方の友人で行方を探しているというと、管理人は丸眼鏡の奥の目を迷惑そうに歪めた。

「あの二人何か事件でも起こしたのかね」

「いや……どうしてです」

「二月初めにもやっぱりあんたのように男の人と女の人が連れだって訪ねてきて、部屋に入って四人で話し合ってたんだが、隣の部屋の学生さんが言うにはひどい言い争いをして、男の声が『お前ら二人とも殺してやる』と叫んでたそうでね、その後、ここに住んでた男の方が訪ねてきた女の方をひきずるようにアパートから連れだしてったんだよ」

　訪ねてきたのは晶子と夏木であり「お前ら二人とも殺してやる」という言葉はおそらく夏木が、自分を裏ぎって逃げた婚約者の由美子とその義兄の織原にむけて吐いたものだろう。その後、織原一郎が晶子をアパートから連れだしたのである。

　さらに詳しく尋ねると、それからしばらくして訪ねてきた男、つまり夏木が一人で帰っていき、その直後に由美子は急いで二人分の荷物をまとめ「新潟の方へ行く」と言いアパートをひき払って出ていったのだという。

「それっきりなんですか」

「いや、その翌日にまた前日訪ねてきた男が――」

つまり夏木が訪ねてきて由美子がアパートをひきはらって新潟の方へ行ったらしいと聞くと顔色を変えた。夏木は「男と一緒に出てったのか」と尋ね、管理人が「いや、あんたと一緒に来た女の人を連れだしたまま戻ってきていない」と答えると「どっかで落ちあって逃げたのかな……」暗い顔でひとり言のように呟き「新潟へ行くと言ったんですね」念をおして戻っていったという。話はそれだけではなかった。それから二日が経った二月の祝日、というから十一日だろう。由美子らしい女の声で管理人の所へ電話が入り「田中清はそちらにいないか」と尋ねた。四日前の晩出てったまま戻ってこないと答えると、「その晩訪ねていった男がいるはずだが、その男がまた訪ねていかなかったか」と尋ねた。その男なら翌日再び訪ねてきたと答え、その時の模様を細かく教えてやると、女の声は「じゃあその人も新潟へいったんですか」驚いた声で聞き返した。そこまではわからない、と答えると、電話の女はしばらく困ったように沈黙していたが、やがて礼を言って切ったという。

「それきり誰からも連絡はないがね」

「その最後にかかってきた電話はここに住んでいた女性じゃなく、訪ねてきた方の女性じゃなかったですか。二人は姉妹なので声が似ているかもしれないんです」

「だったらそうだろう。名前は言わなかったから……」

電話をかけてきたのが由美子でなく晶子なら辻褄が合う。四人で言い争った後、織原は訪ねてきた妻を外へ連れだし、二人だけで話し合ったのだが、結局話はまとまらず晶子を置いて逃げたのだろう。そしてどこかで、アパートを引き払ってやはり夏木から逃げてきた由美子と落ち合い、もし由美子が管理人に告げた言葉が事実なら新潟方面へ行ったに違いない。夏木はそれを管理人から聞いて二人のあとを追いかけた。

晶子は宿で夏木からの連絡を待っていたが、二日後アパートに電話をいれ、夏木もまた新潟方面へ行ったことを知った。しかしその後夏木もまた行方がわからなくなってしまったのである……。

「あの後借り手が見つからないので部屋はそのままになってるが、見てみるかね」

軍平の真面目な様子に気を許したのか、管理人はいった。人一人通るのがやっとという狭い通路の両側にドアが並びつき当りが壁で袋小路になっている。その壁に接した右側のドアが織原と由美子の住んでいた部屋である。手首の七つの数字に気づいたらしい。軍平がドアを開こうとして把手(とって)に手をかけると、管理人がおや、という顔をした。軍平ごまかすように体をねじったが、慌てたので、自分で引いたドアに額をぶつけてしまった。

部屋は安物の茶簞笥(ちゃだんす)と卓袱台(ちゃぶだい)だけしかない四畳半だった。壁は朽ちかけているが、畳はまだ新しかった。

「男の方が喧噪(うるさ)い奴でね。畳を替えろ、ドアの錠を直せといろいろ言われたよ」

「というと長く住みつくつもりだったんですね」

「だろうね。まあ、女の方は悪い性格じゃなかったがね。店で客から貰(もら)ったけど色が嫌いだからって娘に服なんかくれてね……」

　この狭い部屋で男は終日ごろごろし、女は夕方から酒場へ働きにでかけ、いつも夜遅くにひどく酔っぱらって帰ってきたという。

　窓には工場のトタン塀が迫っていて、部屋は暗い。晶子のような綺麗な妻を捨てて東京を逃げだし、こんな薄暗い部屋に燻っていた男の気持を考えると、軍平はその窓のように胸が暗く閉ざされる気がした。織原と由美子は、たとえ愛情や体では結びついていたとしても、こんな部屋で本当に幸福だったのだろうか……薄暗い部屋の畳の底からかすかに海鳴りのような音が響いてくる。

「こんな所まで日本海の波音が聞こえるんですか」

「いや、もう一つのむこうの鉄鋼所の音だよ。朝早くから一日中……男のほうも我慢できなかったんだろうね。時々競輪に出かけてたようだよ」

　初老の管理人は、窓を開け煙草の吸がらを前の溝に投げ棄てると呟くように言った。

　軍平は礼を言ってアパートを出た。由美子の勤めていた酒場を訪ねてみたかったが、管理人は店の名を知らなかった。大方、香林坊のあたりだろうということだったが、その金沢一の歓楽街にいってみると、店の数は軍平一人の手に負えるものではなかった。それにどの店もまだ扉を閉ざしており、一軒一軒あたるとしても夜まで待たなければならない。軍平は諦めて、夏の日ざしに気だるく眠っているような素顔の歓楽街を後にして、駅へいき、夕方には東京へ戻っていた。

わざわざ金沢まで行っても何も得ることはなかった。金沢へ行ったことを晶子に話そうか、黙っていようか、翌日の午後約束通り晶子の家に電話をいれるまで軍平は迷い続けたが、それは無駄だった。「今から来てもらえないかしら」元気のない晶子の声を心配し、軍平がアパートをとびだし、東京の濁った真夏の陽に焼かれて燃えかすのように萎んだ花と、犬の嬉しそうな鳴き声と、晶子の少し頼りなげな顔色とに迎えられ、三日前と同じ居間に腰をおろすと同時に、晶子は思いがけないことを切りだしたのだった。

「一昨日の白根で見た死体、女の方はまちがいなく妹だったわ」

言って晶子は、嘘をついていたことを詫びるように軍平を見つめ淋しそうに微笑した。

4

「本当は帰りの列車の中であなたに話すつもりだったの。でも駅で別れてしまったでしょう？……これが妹です」

晶子はそういうと一枚の写真をさしだした。目から鼻にかけてが晶子と似ているが、厚化粧のせいか晶子に比べると汚れた感じがした。晶子が楚々とした夕方の花なら、妹の方は大輪だが本物の匂いのない造花だった。カメラにむけて媚びるように笑った由美子は、真紅のワンピースを着ている。

「由美子は赤が大好きだったの。警察署で見たスカートもセーターも前に由美子が着ていたものだったわ」

「なぜ――」

「わからないわ。でもあなたにだけは本当のことを言っておきたい気がしたの……あなた優しいもの」

「いや、なぜ警察に嘘を言ったかです」

晶子は首を振った。自分でも理由がわからないと言っているようにも、その理由だけは軍平にも話せないと言っているようでもあった。しばらく沈黙が続いた。窓際のガラス鉢の中で金魚がはねる水音が聞こえた。カーテンはわずかも動かず、夏の午後は暑かった。

「男の方の死体は誰だったんですか」

晶子はふたたび首を振った。

「わからないの。服も腕時計も確かに夏木のものだったわ……でも……」

「でも服は夏木のものだが、死体は夏木じゃないかもしれない、そう考えたんですね」

軍平は晶子が警察で殺害されたのではないかと尋ねたり遺骸を改めたいと言いだした言葉を思いだした。

「つまり、夏木がご主人を殺害して自分の服を死体に着せておいただけなのかもしれないと、あの時そう考えたんでしょう」

「……ええ……でもなぜ」

軍平の勘のよさが晶子は不思議そうだった。

「あなたがそう考えたのは、金沢のアパートで四人で話し合ったとき、夏木がご主人と妹さんにむかって『お前らを殺してやる』と叫んだからですね」

「どうして……」

それを知っているのと言おうとして、晶子は、やっと軍平が一昨日長野原駅で別れる寸前に金沢のアパートの名を聞きだしたことを思いだしたらしい。

「あなた、あの後で金沢へ行ったの」

軍平が肯くと、晶子はよほど驚いたのか、

「なぜ」

思わず軍平を詰るように声を荒げた。

「貰った二万円でご主人を見つけたかったんです」

二万円であなたの生命を買いたくはなかったと、軍平は本当はそう言いたかったのだが、そう言えば晶子はまた「なぜ」と聞くだろう。本当の気持は言いたくなかった。いや、言えなかった。三日前あなたがこのソファの上で意識をとり戻し微笑したとき、俺は惚れたんですとは言ってはならなかった。蒸発したのはこの人の亭主の体だけだ。この人の気持の中にはまだ空中分解していない亭主がはっきりといる。それがどんな男であろうと、この人は自分で考えている以上に夫を愛している。

目の前のその女はただ驚いて大きく目を見開いていた。軍平は金沢のアパートで管理人に何

を聞いたかを全部話した。晶子は自分の恥ずかしい部分を勝手に覗いてしまった軍平を咎めるように強く視線を結んでいたが、

「一つだけ聞きたいことがあります。昭和荘へ二月の祝日に電話を入れたのはあなたなんですね」

　尋ねるとやっと軍平にむけていた視線をゆるめた。

「……ええ。あなたが今言った通り、四人で喧嘩のようになってしまって主人は私をアパートの外へ連れだしたの。近くの喫茶店で二人だけで話し合ったけれどやっぱり諍いになってしまって……主人はとびだしていったわ。そのままアパートに戻ったのだろうと思って私、宿で夏木さんの連絡を待つことにしたの。でも夏木さんその晩も、いいえそのまま何の連絡もしてこなくなって、それで私、昭和荘へ電話をいれてみたんです……」

　そして晶子は夏木が逃げた夫と妹を追いかけたらしいことを知ったのだった。その時から夏木が二人を見つけたら殺すのではないかと心配していたという。

「それで、死体を見たとき、これは夏木ではなく夏木がご主人を殺して自分が死んだと皆に思わせようとしたのではないか――そう考えたんですね」

　夏木は自分を裏ぎった織原と由美子を憎んでいたばかりではなかった。一千万の横領という犯罪から逃れるためには自分が死んだと思わせるのは好都合だったのである。写真で見る限りでは夏木と織原は背恰好も似ている。

「そう……夏木に何か計画でもなければ私に何の連絡も寄越さず、黙って二人を追ったりしな

かったと思うの。死体を見たとき、私そう考えて……咄嗟にこの死体には心当りがないと言った方がいいと思ったの。警察に突っこまれて聞かれたらどう答えたらいいかわからなかったのよ。ただ心中しただけならいいわ。でも一千万のこともあるでしょ。犯罪やら殺人やらが絡んだ渦中に巻きこまれたら、私どうしたらいいのかと思って……」

晶子は髪をふると、両手に顔を埋めた。

「ご主人が左利きだと言ったのは……」

「あれも咄嗟の嘘……本当は左利きなのは夏木の方です……係官が死体は普通の人と同じで左腕に腕時計をはめてたと言ったわね。死体が夏木じゃないと思ったのはそのためだわ。左利きでいつも右手にはめる習慣だったから。主人の死体にはめる時、自分の手じゃないから間違えたのではないかと……」

「それなら、その時に限って夏木がいつもと違う手に腕時計をはめた理由がわかれば、あの死体は夏木だという可能性が大きくなりますね」

晶子は顔をあげてそっと肯いた。白にうっすらと涙が滲んでいる。

「でももう何も調べなくていいわ。私があなたに望んでいるのはそんなことじゃないの。軍平さんが傍にいてくれると私、吻とするの、わからなくなったのは主人の行方じゃなくて自分の気持のほう……この半年霧の中を歩いてたの。あなたが傍にいてくれると、磁石でも持っているような気持になるの……それでいいの。それにもういいのよ。あの死体が本当に夏木で、主人がまだ生きているなら、明日にはその行方がわかると思うわ」

「明日?……どういうことですか」

「テレビに出て探してもらうことにしたの。朝のショー番組で蒸発した人間を探しだしてくれるのがあるのよ。その番組のプロデューサーがうちの料亭によく来て私をひいきにしてくれてるから昨日事情を話して頼んだの。そうしたらすぐにやってくれるって。とびいりだから私には二三分しかもらえないらしいけど視聴率の高い番組だから必ず消息はつかめるって」

「他人には言いたくないと言ってたのではないですか」

「……あなたに話して、恥ずかしいことじゃないってわかったから。一日も早く霧の中から出たいの。あの死体のことだっていつまでもごまかしておくわけにはいかないし。明日もし消息がわからなければ死体は主人だと思って警察に届けるわ。もし生きててもね。……だからもう一度だけお願い。明日テレビ局までついてきてくださる。一人じゃ心配だわ」

軍平が肯くと、晶子は安堵の微笑を浮かべ思いだしたように軍平の手首を見た。手首には七つの数字がはっきりと残っている。

「憶えててくれたのね……ありがとう」

軍平、晶子の笑顔から視線をそらし、サイドボードの上の鳥籠を見た。紙細工の鳥は真夏の光の眩しさに蒼ざめたような色をしてじっと動かず、生命を持たないまま化石になってしまったように見えた。

「あの折紙の鳥を僕にくれませんか」

軍平、唐突に言った。

5

コマーシャルがとぎれ、午前十時二十分、やっと晶子の番になった。それまでにすでに三人の男女がそれぞれ蒸発した家族について語り、この方は時間が充分とられていたせいか本番中に方々から電話がかかり、三人とも蒸発者の消息が無事判明した。軍平、スタジオの隅に立って改めて蒸発者の数が多いこととテレビの魔力に驚いていた。

晶子に与えられたのは番組が終る間際の三分だけである。司会者が慌ただしい口調で晶子を紹介し、晶子の夫が妹と蒸発した事情や今晶子が一人残されて仲居をしながら苦労していることを簡単に説明した。夏木のことや妹が既に死んでいるらしいことは、晶子がプロデューサーに話さなかったので、説明からは省かれている。番組担当者たちは何も知らないが晶子はただ夫が生きているかどうかを知るだけが目的だった。

前に人が立って何も見えないので、軍平は近くのモニターテレビの方を見ていた。いつもは外で見ているものを同じスタジオ内で見ているのは妙な気分だった。晶子の夫の写真が三枚映しだされ、特徴が簡単に述べられると、不意に晶子のアップになった。晶子は、絽の着物にあわせ髪型も地味にしている。カメラを通すと目尻のしみが目だって、いかにも夫に逃げられて苦労している妻という印象であった。軍平、美しい物が晒しものになっている気がして胸が痛んだ。道傍の花が美しいのは誰からも視線をとめられることなく咲いているからだろう。しかし今この瞬間、晶子の顔に日本中の何百万という人間の視線が集まっているのだ。

司会者の質問に晶子は緊張した面持で「夫は現在は一人でいるかもしれない」と答え、何か訴えたいことを、と言われ「何も心配せずに戻ってほしいです。戻れなければ連絡だけでも……ローンは私が払い続けてきたので家も以前のままです。何も恨んでません。連絡だけ下さい」と堅い口調で言った。その間ずっと画面の下方に連絡先のテレビ局の番号が映しだされていた。

さわやかな音楽とともに番組は終了し、晶子と軍平は控室で待たされた。だが一時間経っても何の連絡もない。普通は当人ではなく周囲から情報が入るらしいのだが、その方の連絡もまったくない。晶子が諦めたように軍平を見つめ、軍平もやはり死体は夫の方だったのだろうか、そう思った時、担当のプロデューサーがとびこんできて、「ご主人だという男の人から電話が入っている、今こちらへ切り換えた」早口でそう告げると、部屋の隅の電話をとり、晶子にさしだした。晶子は一瞬ためらってからしっかりと受話器を握った。

「私です、晶子です……あなた……本当にあなたね、いったいどこに……ずっと探したのよ。……ええ……ええ……ともかく明日にでもそちらへ行きます。いいえ、私はただ会って話し合いたいだけ。話し合わなければいけないことがいっぱいあるでしょう……わかりました。ええ……ええ……」

最後に詳しく住所を聞きとり紙に書きつけると「もうどこへも行かずに待ってて下さい」懇

願するように言って、受話器をおいた。そしてふり返るとまだ興奮の残った唇で、まちがいなく夫の声だったこと、やはり新潟にいて、一人で小さなアパートを借りて暮していたこと、会って話し合うと約束してくれたことを告げた。

「けど、妹さんのほうはどうしたんだろう。やはり妹さんの写真も出せば良かったかな」

長身の温厚そうなプロデューサーの質問から逃れるように晶子は礼を言い、持参した品をさしだしてから、初めて軍平をふり返った。ため息をつき一度目を閉じた。再び目を開くと安堵の色が膨らんで瞳を大きく見せた。

「開けていいかい」

プロデューサーは晶子からもらった包み紙を早速に開いて、ネクタイをとりだすと、一瞬手首に巻きつけるようにして柄を確かめ、礼を言った。その時、軍平は小さなことに気づいたが、その場では何も言わなかった。

「良かったですね」

十分ほどでテレビ局を出ると、軍平は晶子にそう声をかけた。織原一郎はやはり生きていたのだ。そしてそれは白根の死骸が夏木だったことを意味している。

「なぜ夏木の死骸の腕時計がいつもと違って左右逆だったか、その理由がわかりましたよ。死体の二人の手首はネクタイで結ばれていたそうですね。左利きの夏木は後でナイフを使うために利き腕の方を残して右手をネクタイで縛ったんじゃないでしょうか。ネクタイで二人の手首をしっかりと結ぼうとしたら当然腕時計が邪魔になるでしょう。それで左手に移したのです」

先刻プロデューサーの手首にネクタイが巻きついたとき思いついたのだった。

「そうね、きっとその程度のことね、それを私、大袈裟に考えすぎたんだわ。軍平さん、私、夫と会ってから死骸の身元のこと警察に届けでます。警察だけじゃないわ、区役所へも離婚届をださないと――」

「離婚？　馬鹿な。ご主人がやっと見つかったんじゃないですか」

夏には珍しい風の強い日で、晶子は風に乱れた髪をかきあげながら首をふった。

「さっき本番の三分間のあいだにそう決心したの。主人が生きて見つかったら、もう一度だけ逢って、別れようって……」

「しかし……」

晶子はもう一度首をふると、軍平の次の言葉を避けるように視線をそむけ、地下鉄への階段を下り始めた。上野駅へ出て、晶子は夜行の切符を買った。今すぐ発てば夜までには新潟へ着けるはずだが、夜に訪ねていくのは嫌だと晶子は言った。夫とは、妹と夏木が死んだことや自分たちの離婚の話をしなければならないだろう。暗い話をするのに朝を選びたいという気持は軍平にもわかった。

「家へ戻らずにこのままいくわ。夜までつきあってくれる？」

晶子の言葉に軍平は肯いたが、しかしまだ列車が出るまでに十時間近くある。まずは喫茶店に入ろうということになり、駅前の大通りを探したが、昼休み時のせいかどこも満席である。何軒目かを出て歩きだすと、晶子が細い路地を覗いて、ふと足をとめた。

「こんな時間にネオンがついてるわ」

晶子をまねて覗くと、コンクリートの壁にはさまった暗い路地の奥のほうにネオンの看板が見える。ホテルとシャトーという二つの言葉を真紅のハートが繋いでいた。恰度会社員風の中年と娘ほどの若い娘が顔を隠すようにそのネオンに吸いこまれていくところだった。

「課長と女事務員ってところね。昼休み時間利用したそういうの、最近流行ってるんですって」

軍平、厭なものを見た気がした。晶子の言葉を無視してゆきすぎようとしたが、その時である。不意に晶子の手が軍平の腕を摑んだ。その手に引っ張られ、軍平は薄暗い小路に一歩踏みこんだ。

晶子はビルの壁を背にして軍平を見あげた。

「軍平さん、何人、女のひと知ってるの」

軍平、反射的に晶子の唇からこぼれだした声を押しとどめようとして手をあげた。

「五人？　ゼロ？」

眼の前に開いた軍平の片手を晶子は誤解したのだった。違う——だが軍平がそう口にする前に晶子は軍平の手の親指を折り曲げた。

「一人目？」

「いや——」この手の意味は違うのだと言おうとしたのを、晶子はまた誤解した。

「じゃあ六人目ね。私はこれだけ……」

晶子は中指と人差し指をあげて二人を示した。そしてネオンの真紅のハートにちらっと目を投げ、ゆっくりともう一本薬指をあげ、その薬指を軍平の親指にからめた。

「六人目と三人目……喫茶店は満員だわ」

昼は冗談だというように微笑をつくっているが目は真剣だった。初めて見る晶子の目だった。五歳年上の女の目だった。人生にちょっと疲れ、生活にちょっと荒み、淋しくて何かを訴えたいのだが何を訴えたらいいかわからないといった目だった。だからどうなってもいいのだと言っている目だった。軍平、先刻テレビを見ていた何百万もの目が晶子を瀆し、別の女に変えてしまったような気がした。だがしかし、それでもその女は美しく、軍平、突然の成り行きが信じられずに棒だちになったまま、晶子の目を見ていた。風がほつれ髪を二すじ揺らし、そのたびに晶子の暗い瞳に夕化粧の花が小さく揺れた。東京は真昼で、すぐ傍の大通りを人々がざわめきながら通りすぎ、二人は雑踏の死角で、六本目の指と三本目の指を結んで、他にすることがないように突っ立っていた。

「あなたはそんな女じゃないでしょう」

「そんな女ってどんな女……」

「………」

「そんな女だわ。私嘘つきなの。あなたにもまだ嘘を言ってることがあるの……」

軍平の怒った目に気づくと、晶子はやっと視線を解き、ため息になってふっと笑った。かすかな息とともに何かを捨てたような微笑だった。

「この指も嘘……」

そう言うと、薬指をもとに戻し、そのまま手を袖に隠した。

「こんな所じゃなく、つき合ってほしいところがあります。ついてきて下さい」

軍平、小路を出ると、大通りをまっすぐに進み、デパートに入った。エスカレーターで屋上まであがると、遊園地の観覧車の切符売場の前で立ちどまり、やっと背後をふり返った。そして軍平の気持をはかりかねね、場違いな和服姿でぼんやりとつっ立っている晶子に乗りましょうと声をかけた。

「でも……子供たちばかりだわ」

夏休みのせいで屋上遊園地には子供が溢れている。観覧車の色とりどりの籠は、風に揺れる度に黄色い声を爆発させた。

「人目を避けて入らなければならない場所よりはいいはずです」

軍平は券を買い、ためらっている晶子にもう一度声をかけた。二人はさしむかいに小さな籠に座った。ゆっくりと上昇が始まり、やがて東京の町が下方に沈みだした。沈むにしたがって町は広がり、白くなっていく。風に揺れる籠の中で晶子は少し蒼ざめ、肖像画のようにじっと座っていた。

軍平、無言のまま、上昇しきるのを待ってポケットから昨日晶子に貰った折紙の鳥をとりだした。そして翼を広げると、強い風を待って、

「飛べ」

思いきり空中に投げた。紙の鳥は一瞬風に舞いあがり、だがすぐに風がとぎれ、力なく下降

を始めた。飛べ——胸の中で軍平、もう一度言った。その声に励まされたように紙の鳥は再び舞いあがった。そしてしばらく軍平たちの傍を離れるのをためらい、目の前の空中で、舞いあがったり落ちかけたりしていたが、やがて屋上のブラスバンドが一際高くトランペットの音を奏でると、それに合わせて大きく翼を翻(ひるがえ)した。

その瞬間、鳥は本当の生命をもったように大きな風に乗り、すうっと筋をひいて飛びたった。

東京の空には銀灰色の雲がたえまなく流れ、わずかな跡(と)ぎれ目に太陽が覗く。太陽はつかの間、夏の光を空いっぱいに輝かせては消える。空と町とが、光と影の広大な綴(つづ)れ錦を織りだす中に、それは青いカーブを細く縫いつけながら飛び続ける。

観覧車が下降を始めたので鳥はそのぶん空高くへと上りつめていくように見えた。そして、再び空をきらめかせた太陽の光の屑にまぎれこみ、消えた。

「どこへ消えたのかしら……」

晶子がひとり言ともつかず呟いた。軍平には紙の鳥の消えた方向がわかっていた。晶子は軍平のことを磁石だといった。紙の鳥が生命をもってとび去った方向は、軍平の針が晶子のためにさし示した一つの方向だった。

だが軍平は何も言葉にしなかった。ただ紙の鳥の消えた方向に視線をむけ、何もない空に鳥の青い色をぼんやり追い続けていた。晶子もまた……やがて東京の空がしぼみ、籠が屋上につくまで。

二人はその夜遅くに上野駅のホームで別れた。列車に乗りこむ前に晶子は「明日の夕方にはもどるわ。帰ったら電話する」と言い、発車のベルとともに車窓のむこうで唇の形だけでさようならを告げ、新潟へ旅立っていった。

6

夢の中で、軍平は白い霧に鎖(とざ)されて歩いている。晶子の呼ぶ声が聞こえる。晶子が自分を探している。軍平も晶子の名を必死に呼んだ。そのうちに晶子の声が聞こえなくなり、いつの間にか軍平のほうが晶子を探している。しかしいくら名を呼んでも深く流れる霧は何も答えない。どれだけ歩いたのか、軍平、やっと前方に晶子の影を見つけた。影はぼんやりと青く、軍平が腕をさしのべると、まっ青に結晶し鳥の形になった。確かに摑んだのだが、手を開くと鳥は消えている……遠くで囀(さえず)りが聞こえ、その声を追って夢中で駆けだすと再び青い影が見える。鳥は軍平が近よるのを待っているのだが、腕をのばすと摑むのはただ白い霧だけである。追いかけ、近寄っては摑み、消え、そのたびに鳥は青さを増していく……白根の火口湖と同じ色だった。そして突然、囀りがとぎれた。青い鳥はどこへ消えたのか……青い鳥？

軍平、あっという自分の叫び声で目をさました。涼しい夜だったが寝汗をかいている。手を開くと、汗の粘りにはまだ夢の中で摑んだ鳥の青さが残っているようだった。青い鳥——なぜそれに気づかなかったか。今まではあの鳥が紙でできていることばかり気にして、色を忘れていた……。

真夏の朝はすでに窓に迫っている。軍平、九時半まで待って、白根で死んだらしい夏木明雄が勤めていたという芸能プロダクションの電話番号を調べダイヤルを回した。そして夏木明雄が確かに左利きだったことを確かめると、今度は電話局に電話をいれ、金沢の昭和荘の電話番号を調べてもらった。

続いて昭和荘に電話をかけ、出てきた管理人に二つの事を確かめ、ため息とともに受話器をおろした。そして夕方まで、狭く暑苦しい部屋でただ晶子からの電話を待ち続けた。

電話は六時に鳴った。晶子は今、家に戻ったところだと言い、

「主人と逢って話し合いました。ずっと日傭(ひやと)いのような仕事をしていたらしいわ。由美子たちが死体となって発見されたことを知らなくてとても驚いていたけど、警察に届けでることに同意してくれました。それから離婚にも……」

晶子は少し他人行儀に喋(しゃべ)った。

「今から会って下さい。そちらへ行きます」

「いいえ、あなたとはこれで終りにしましょう。私……」

「行きます」

軍平は強引に言って受話器をおき部屋をとびだすと、三十分後、晶子の家の居間に座った。晶子は夜行の中で眠られなかったと言い、疲れた赤い目をしていた。八時には料亭に出たいという晶子に、軍平は十分だけでいいと言った。犬だけが嬉しそうに鳴いて軍平の足をなめてい

た。

「あなたは俺に――僕にまだ嘘をついているといいましたね。その嘘をはっきりさせたいんです」

「やめましょう。嘘のままでお別れした方が綺麗だわ……たった数日だったけど私、あなたのことは綺麗に残しておきたいわ」

「だったら本当に綺麗にしましょう。嘘があってはいけない――厭なら僕一人に勝手に喋らせて下さい。あなたは白根で死体を改めた時、それがご主人の死体で夏木が殺したのかもしれない、そう考えたから咄嗟に嘘を言ったと言いましたね。しかし本当はあなたはすぐにそれを夏木の死骸だと認めた。腕時計の左右が逆だったことには何かちょっとした理由があったのだろうと考え、まちがいなくその死骸が夏木だと認めた。そしてあなたが本当に心配したのは、二人が心中したのではなく、ご主人の手で殺されたかもしれないということでした。金沢のアパートで四人で話し合ったとき『お前ら二人とも殺してやる』怒ってそう叫んだのは、夏木ではなくご主人の方だったのでしょう」

「でも夫は殺してないわ……」

「ええ。夏木と由美子さんは確かに心中したのです。夏木が一千万の使いこみのことを気にして由美子さんと無理心中を企てたのでしょう……しかしあなたはそうは考えなかった。夫が殺害したのかもしれないという疑惑がぬぐえず、あなたは警察で嘘を言った。おそらくその疑惑は、この二月ご主人が『お前らを殺してやる』と叫び、その後三人が消息を絶ったときからあなたの胸にはあったのでしょう。夏木がご主人の手で殺された、そう考えなければ夏木の消失した理由があなたには説明できなかった。もっともご主人が憎んでいたのは夏木一人です。しかしご主人が憎い夏木を殺し、心中と見せかけるために由美子さんをも道連れにした、あなたはそう考えたんです。いつかは警察に死体の身元がばれてしまうだろうが、あなたはその前に行方がわからなくなっているご主人を探しだし真偽を確かめたかった。それでテレビにまで出て、やっとご主人を見つけると早速に逢いにいった。でもあなたの心配は無駄でした。ご主人は夏木と妹さんの死には何の関係もなかったのでしょう」

「死体が見つかったことも知らなかったわ」

　晶子の唇はかすかに震えていた。

「もっと早くに気づくべきでした。金沢の昭和荘で二人の住んでいた部屋に入るとき、僕は慌てたので、右手で把手を引きドアを開けようとして額をぶつけてしまった。把手がドアの右側についているので左手で開ければ問題はなかったんです。あの時管理人が、部屋に住んでいた男がドアの錠を直してくれと言ったというのを思いだし、今日電話で確かめました。錠だけでなく、最初はドアの左側になっていた把手を、ドアを裏返しにして蝶番(ちょうつがい)を左右逆にすることで右側にくるようにしたのだそうです。男が左側だとドアが開けづらくて困ると言ったらしいのです。あのドアは行きどまりの壁に接し、しかも通路は非常に狭かった。右利きの者なら、それでも難なく開いて中に入れますが、左利きだとちょっと体をねじらなければならない。把手を右にくるようにしてくれと言ったのは左利きの人間です。つまり、昨年末から昭和荘に住んでいた男はご主人ではなく、夏木でした。——もう一つ電話で確かめたことがあります。夏木と一緒に住んでいた女性は酒場の客から貰ったという服を色が嫌いだからといって管理人の娘にやったそうです。念のためにその色を尋ねると赤だということでした。つまり昭和荘に住んでいた女性もまた赤の好きな由美子さんではなかった」

晶子はそっとソファを離れ、軍平に背をむけて窓辺に立った。夕風が庭の暮色を晶子の白い襟足に流した。

「青い鳥という童話を知ってますか」

「ええ」

晶子の背は小さく答えた。

「二人の子供が探しまわった青い鳥が実は家にいた、という話です。晶子さん……いや奥さん、あなたはその青い鳥だったんです」

「………」

「蒸発とは自分の家を出ることです。だから——自分の家にいる人間が蒸発しているとは誰も考えないでしょう。テレビの画面で必死に夫の行方を探してほしいと訴えているその当人が蒸発しているのだとは誰も考えないでしょう」

軍平、静かに言葉をつないだ。

「ご主人ではなく、奥さん——あなたのほうが蒸発しているのですね」

7

テレビ局にいった時から、おぼろげに軍平にはわかっていた。テレビの画面を同じスタジオの中で見ているのは奇妙なものだった。画面で蒸発した夫に訴えている妻の顔を見ながら、蒸発者が自分の家の中へと消息を絶ったとしたらやはり奇妙なものだろうと思ったのだった。

しかしはっきりわかったのは昨夜の夢だった。霧の中で晶子が軍平を探していたのか、軍平が晶子を探していたのか。夢うつつの中で、軍平はもし晶子が夫を探しているのではなく夫が晶子を探しているのだとしたら、そう考えたのだった。そして青い鳥——。

晶子が青い色紙で鳥を折ったのは偶然だったのだろうか。それとも一度とびだしながら、自身の家という籠にふたたび戻ってきてしまった自分をその色になぞらえたのだろうか。本物の鳥は晶子が自分の手で逃してやったに違いない。

夕暮れの庭を眺めながら、晶子の背はただ黙っている。晶子が何も言わなくとも、だが軍平には大体の想像はついた。

倒産後家にぶらぶらしている夫に耐えかねて、晶子は妹の婚約者である夏木に相談をもちかけたのだろう。晶子の勤める料亭には芸能関係者もよく出入りするというから、おそらく夏木も客として時々店に顔を出していたに違いない。関係はそんなことから自然に生じた。昨日の午後上野の小路で晶子があげた二本の指は夫と夏木のことだったのだろう。晶子が夏木に気持を奪われ、夫を見棄てたのではないと思う。晶子はただ淋しかっただけだ。自分をそんな女だと言ったが、上野の小路で、薬指を折り曲げ、赤いネオンのハートに軍平を誘ったときでさえ、その女（ひと）は淋しげに美しかったのだ。夏木の方でも晶子に愛情はあっただろうが、最終的に一緒に逃げてくれと言ったのは一千万の使いこみのためだろう。晶子は迷った末、以前の面影の片鱗もなくなった夫との暮しより、夏木との旅を選んだ。去年の末には金沢へ落ち着き、その金沢から夫へ離婚状を送った。おそらく晶子が夏木の使いこみを知ったのは旅に出てからだろうが、その時にはもう引っこみがつかなくなっていたのである。

後は晶子自身の口から聞いた話や、昭和荘の管理人から聞きだした話の、由美子と晶子、織原と夏木を入れかえれば簡単にわかる。探していたのは夫と妹のほうだった。織原と由美子の間にも関係があったかどうかは軍平にはわからない。関係があったとすれば、おそらくはこの二人のほうが先で、晶子はそのこともあって夏木を選んだのではないかと想像されるが、ともかく逃亡したのは夏木と晶子で、追ったのが織原と由美子だった。織原たちはやっと金沢に晶子を見つけ、昭和荘へ話し合いに出かけた。この時、織原は一時的な激情に駆られ、自分を裏ぎった夏木と晶子にむけて「お前らを殺してやる」と叫んだのだった。夏木が由美子を連れだして外に出たあと、織原は宿に戻り、その直後晶子は衣類をまとめて昭和荘をとびだした。二人分の衣類をもっていったところを見るとどこかで夏木と落ち合う約束ができていたのだろうが、その場所に夏木は来なかった。夏木は晶子を捨て今度は由美子とともに逃亡したのだが、晶子はそうとは知らず何もわからぬまま昭和荘に電話を入れた。そして自分のとびだした翌日、再び夫が昭和荘に訪ねてきて、管理人から晶子が新潟へ逃げたと聞いたらしいことを知ったのだった。夫としても一緒に探していた由美子がどこへ行ったかはわからなかったろうが、ただ晶子が再び夏木と逃げたことだけはまちがいないと信じて二人を新潟へ追ったに違いない――そう考えて晶子もまた新潟へ行ったが、新潟では夫を探す術もなく、仕方なく東京の家へ戻り、夫が帰るのを待ちながら再び仲居の仕事を始めた。晶子は本当なら夏木とどこかで落ち合ったあと新潟へ逃げる手筈だった。東京に戻ったころには晶子も、夏木が自分を棄て今度は由美子と逃げたらしいことはわかった。それもたぶん自分たちが行くことになっていた新潟へと――。ただ、夫が何故東京の家に戻ってこないかその理由はわからなかった。実際には夫はただ、妻のとびだした後ローンの負債のたまっている家に戻っても仕方がないと考え、まさか妻が家に戻っているとは気づかずに新潟で日傭いの仕事をしながら妻の行方を探していただけのことだったが、晶子はもしかしたら夫が夏木を見つけ、夏木を殺し、逃げながら自分の行方を探しているのではないか――そう考えてしまった。

そして半年後の夏の一日、朝刊の記事が晶子の疑惑に結論をだしたのだった。白根で発見された男女の死体は、夏木と由美子のようであった。ただの心中ならいい、しかしもし夫が夏木を殺害し、ごまかすために罪のない由美子まで殺害したのだとしたら……疑心暗鬼に苦しみ、晶子は夕方ナイフを手にした。そして通りすがりの若者に助けられ、晶子はその若者に家庭の事情を話したのだった。たった一つ自分が夫を裏ぎってこの家を逃げだしたことだけは隠して

――。

白根の死体が夏木と由美子にまちがいないと確かめると、晶子はすぐにでも夫を探さなければならなかった。いや夫が自分を探しているのなら、夫に自分を探しださせなければならなかった。警察に死体の身元を届け出る前に、何としても夫に会い夫の口から真実を聞きたかった。そのためにテレビにも出た。あのテレビの画面で晶子が本当に訴えたかったのは夫の写真ではなく、自分の顔だったのだ。単なる蒸発事件と違って、蒸発者が自分を探させたのである。画面を通して自分の顔を夫に探させ、自分が自宅にいるという言葉を夫に聞かせたかったのだ。そして夫に無事自分を見つけださせ、夫と逢って疑惑を晴らすと明日にでも警察に届けでる決心をし、軍平とは一つの嘘を残したまま別れようとした。警察をいつまでも騙しておくつもりはなかった。晶子が騙し通したかったのは通りすがりに自分を救った若者だけだった。その若者にだけは自分の本当の顔を、そんな女の顔を知られたくなかったのだった。軍平が金沢へ調べに行ったと聞いてああも驚いたのはそのためであり、軍平が管理人の言葉を誤解し、蒸発したのが依然夫と妹だと信じているとわかって、安堵の表情を見せたのである。

軍平は、自分のこの想像がほぼまちがっていないと思っていたが、晶子には何も確かめなかった。蒸発しているのが晶子のほうであること、そのことだけを晶子に語り、二人の間に嘘をなくして別れればいいと思っていた。

沈黙した晶子の背を軍平もまた黙って見守り、約束の十分が過ぎると立ちあがった。

「ありがとう」

ふり返って晶子は言った。暮色のなかで顔はいっそう白く見えた。その女はやはり夕靄に包まれたときがいちばん美しいひとつの花だった。

「命を救ったお礼なら要りません。あの程度の傷なら死ぬ心配はなかったし、誰でもしたことです」

晶子はその声が聞こえなかったように、

「ありがとう」

もう一度同じ声で言った。軍平が紙の鳥を飛ばしたことへの礼だったのか、二人の間に残っていた一つの嘘をぬぐい去ってくれたことへの礼だったのか。しかしどちらにしろそれは軍平が自分のためにしたことだった。

その女は袖からこぼれだした白い手の薬指をわずかに嚙んで、軍平を遠い視線で見守った。通りすがりに出会い、薬指と親指を数秒触れあわせ、わずか数日で再び他人となってしまう女だった。軍平はポケットにつっこんだ手の親指をいつの間にか折り曲げていることに気づくと、その手をふり切るようにポケットから出し、把手にかけると、一瞬ふり返って頭を垂げ、黙って部屋を出た。

その後の織原晶子のことを軍平は知らない。ただ軍平の送った二万の金は転送先不明で戻ってきたから、あの後間もなくに晶子が家を引っ越したことだけがわかった。

ひと月が過ぎ、夏も終りかけたある夕、軍平はたまたまその緩やかな坂道の住宅街を通った。

門の前を通ると例の猫に似た犬が軍平の足音に嬉しそうな悲しそうな声をあげた。だがそれも一声だけで、ひと月前とは違い庭の小屋に鎖でつながれた犬は、ふたたびアルミの器の食物に顔を戻した。犬だけが残され、表札の名は別人に変わっていた。家の中から母と息子の争うような声が聞こえた。路上にまで溢れたその声を隣近所の家は聞こうともせず別の生活にしんと静まり返っている。

それでもただ石垣の下の夕化粧だけは夏が色褪せてなお夕闇に花を咲かせている。夕方の一(いっ)時(とき)の生命をそれでもいきいきと白い化粧で飾った花に軍平、あの女(ひと)もまた、今どこにいるにしろどんな形にしろ、この夕刻に美しい人生を咲かせているだろうと、そんなことを思いながら坂道をゆっくりと歩きのぼった。

濡れた衣裳〈梢子〉

鏡を覗きこんだとき、電灯が消えた。突然の闇。それは窓から流れこむネオンにかすかに赤く色づいた闇。停電かしら。そうじゃない。誰かが廊下のスイッチを切ったのだ。把手を回す音。ドアを開く音。閉める音。誰かが入ってきた。誰だろう。ドレスの裾らしいものが床へと流れている。その影だけしか見えない。足音がゆっくりと近づいてくる。一歩。二歩。誰なのよ。叫びたいが声にならない。三歩。四歩。闇は嫌いだ。いつもこんな風に誰かの気配に怯えなければならない。「誰よ」やっとそれだけが声になる。声は震えている。影は何も答えない。息を殺している。獲物を狙うときの静けさを赤い闇とともにまとって……五歩。六歩。足音にまじって裾が床をひきずる音。影はすぐそばまで迫ってきた。足音がとまる。闇に閉ざされて影の目がじっとこちらを窺っている。誰なの。声が出ない。声は喉に冷たく凍りついている。心臓の動悸だけが聞こえる。影の手がのびる。手の先で何かが光っている。ナイフだ。殺されるのだ。刃はもう血で染まったように赤い。同じ色で体の中を血が逆流する。影が大きく揺れた。その香りが鼻をかすめる。やっとそれが誰だかわかった。「やめて」凍りついていた声が喉を破り、相手の名を叫ぼうとしたとき——刃の光は不意に、闇を貫き、襲いかかってきた。

1

霙まじりの雨が、銀座の裏通りを濡らしている。バーやクラブのネオンがさまざまな色と文字で無彩のビルを飾りたてているが、どことなく生気がないのは、真冬の寒さと夜の雨のせいだろうか。

雨に極彩色を奪われ、東京の街はいつになく薄化粧に窶れて見えた。

タクシーは、とあるビルの前に停り、軍平、高藤に押されるようにして降り、引っ張られるようにしてエレベーターに乗りこんだ。

高藤は七階のボタンを押し、やっと、

「馴染みのクラブだよ。いい女ばかりだ」

と言った。軍平、クラブと聞いて多少、安堵をおぼえる。今日の午後、半年ぶりに高藤から電話がかかってきて、「いい店があるから連れてってやるよ。服装？　そんなものどうでもいい」言われた時から気が気ではなかったのだ。

この前も同じ台詞で電話がかかってきて、服装などどうでもいいと言われたも道理、連れていかれたのは、服を脱がなければ意味のない店で、軍平しばらくの間、シャボンの泡に溺れる夢にうなされた。

高藤は大学時代の空手部の先輩だった。渋谷に大きな内科医院を開いており、何でも死んだダンという愛犬に似ているとかで軍平のことをいろいろ可愛がってくれる。高藤は現在四十歳。大学を出て四年になるのに定職につかず、ぶらぶらしている軍平に就職口を世話すると言ってくれたこともあるが、軍平が首を横に振ると、それ以上は勧めなかった。そんな所がダンに似ていると言ってますます気に入られた。ダンは、頭もよく力もあるのに大きな図体でぼんやり寝そべっているのが好きで、よその犬が自分の餌を盗み食いしていても、動かず騒がずキョトンと丸い目で見守っていたという。

エレベーターのドアが開くと、正面に青く翳(かげ)った光がある。木彫りの扉の前に置かれたスタンドの色で、色どおりに〝青い微笑〟という名が装飾文字で描かれていた。

高藤に従(つ)いて入っていくと「あら、先生」声がかかり、薄紫のドレスの女が高藤のコートを脱がせ「濡れてる」と呟(つぶや)いた。

「おかしいな。タクシーで来たから濡れなかったはずだが」

「雨なら表が濡れるでしょ。裏地のほう」

「車の中が熱かったんだよ。俺は汗っかきだから……」

女は高藤の言葉に含み笑いをして、「こちらの方も」言ってから軍平が厚手のセーター一枚であることに気づき、

「そのセーターまでは脱がせられないわね。あら、こちらも汗っかき」

あっという間に手のハンカチが軍平の額にのび、汗を拭(ぬぐ)った。香水と絹の感触が顔を掠(かす)めた。

ワンフロアを全部使った、ビルの一室とは思えない広い室内には、ボックスが二十ほどある。そのほとんどが客と女たちで埋まり、室内は薄闇と高級な場所特有の密やかなざわめきに覆われている。高藤と二人、軍平が片隅のボックスに座ると同時に二人の女がやってきた。紹介されて軍平はすぐにその女たちの名を覚えた。鮮やかな緑色のドレスを着た方がミドリ、真紅の方が紅子である。紅子は軍平にも誰かを招んでくると言って立ちあがり、やがて一人の女を連れて戻ってきた。

「こちらこずえちゃん。まだ入って半月なの。よろしく。あら先生、駄目よ。若い子と見るとすぐ目の色変えて……若い子はこの若者にまかせて。先生なんか相手にしたらこずえちゃん泣き出してしまうわよ。まだ純情なんだから。いやらしい中年のお相手はわれわれ年増の役目」

高藤は冗談半分に顔をしかめながらも馬鹿笑いをし、すぐに軍平などおっ放りだして緑と真紅にはさまれ懇ろに喋りだした。

淡い黄色に白の水玉を浮かべたドレスの女は、そっと軍平の隣に座り、水割りをつくって軍平の前に置いた。そして軍平にちょっと微笑みかけただけでじっとしている。

軍平が沈黙をごまかそうと煙草をくわえると、女は静かにマッチの火を寄せた。胸に垂らした黒真珠の粒に似た瞳に、その炎が映っている。軍平、炎が揺らぎながら消えていくのをぼんやり眺めていた。女というより娘だった。髪を長く肩までのばし、耳もとに銀杏の葉が小さく連なった髪飾りをしている。娘は無言のかわりに何度もわずかに首を傾げて微笑みかけ、そのたびに銀杏の葉が鈴のような音を立てて揺れた。沈黙——「召しあがって」軍平言われた通りグラスを口に運び、また沈黙――

「こういう場所、慣れていないの……」

「えっ？　ええ、やっぱりこの先輩に連れられて前に新宿で一度だけ……」

娘はまた微笑して、首をふった。

「ちがうの。慣れていないと言ったのは私のこと……ごめんなさい、何か喋って下さる？」

「――こずえって名前、平仮名ですか」

軍平が慌てて質問を探すと、娘は首をふり指先で薄闇に細く、梢と書いてみせた。

「本名ですか？」

「半分だけ……本当は下に子がつくの」

「苗字は？」

ぶっきら棒な言い方に梢はまた微笑んでみせたが、今度は少し淋しげだった。

「言わなければいけない？　私、店の中で本名までいうと何だか全部現実になってしまいそうで恐いの。半月前までこういう所で働くなんて夢にも思っていなかったから……でも私、純情じゃないのよ……もたれかかっていい？　さっき無理矢理飲まされて、頭が少しふらつくの」

軍平の返事を待たず、肩に頭をよりかからせた。髪の柔らかさが、肩の緊張を和らげるように軽く包んだ。

「臭くないですか。俺一週間風呂に入ってないけど……」

「いいえ、とてもいい気持。……このまま眠りたいわ……」

「いいですよ」

高藤がふり返り、

「おっ軍平、お前なかなかやるじゃないか」

笑い声で冷やかし、軍平が何か弁解の言葉を言おうとした時である。テーブルに影がさし、見上げると濃い紫色のロングドレスを着た女が立っていて、「いらっしゃい、先生御機嫌ね」艶やかな声を出した。紅子やミドリよりさらに齢がいっているが、それだけに貫禄のある、柄の大きな華やかさが感じられる。ミドリが席を譲り、高藤の隣に座ると、高藤が「この店のママだよ。こちら俺の空手部の後輩」と紹介した。

「まあ、先生にもこんな純朴そうな後輩いらっしゃるの？　あら梢ちゃん、眠ってるの、困ったわねえ」

「いいです。このままにしておいてやって下さい」軍平が言うと、

「まあ優しい」軍平に艶な目を流し、その視線を梢の寝顔に移して、「先生、私この娘見てると可哀相になっちゃって。弟が脳腫瘍とかで入院費稼ぐために働きだしたんだけれど、とてもこういう世界でやっていける娘じゃないんですもの」

「俺が外科なら無料で入院させてやるがね。こんな美人の姉さんがいるなら」

「まあ、その方が高くつきそう――」

「それよりママ、どうしたんだい。今夜は珍しく洋服じゃないか」

「そうよ、ママどうしたの」紅子が口をはさんだ。「さっきまで着物だったでしょう？」

「お酒こぼしちゃって……飲みすぎなのかしら、最近左手がしびれて……今夜も、グラスとった拍子に」

袖口からこぼれた青白い指を、高藤は調べていたが、

「一度きちんと診てもらったら」

「ええ、今週中にでも行こうと思ってるの。右利きだから左手なんてめったに使わないけど……齢ねえ、ほら太ったでしょう、ドレスは恥ずかしいわ」

「ママ、私の香水貸しましょうか。そのドレスには香水の匂いあった方がいいわ」

「ありがとう紅子さん、でも私は自分の香りで売ってますから」

「そういや、ママだけだって？　店で香水つけないの。これが」高藤が親指をたて「香水は嫌いだって言うのじゃないか」

「いやねえ、先生――ああそうだ、紅子さんあなた毬絵さん見なかった？」

「いいえ、今夜お休みじゃないかしら」

「三十分ほど前に出てきたのよ。でもすぐにどこかへいなくなって……」

「毬絵ってあの時間にルーズだってママがいつか怒ってた娘か？」

「そうなの、今夜も出てきたの八時すぎよ。まるきり時間の観念なくて……おかしいわねえ……悪いけれど紅子さん、探してきてくれない？」

「あ、私が探してきます。毬絵さんですね」

いつの間にか目をさましていたらしい、梢が立ちあがって席を離れた。軍平は文字通り肩の

荷をおろして吻とすると、ゆっくり酒を口に運んだ。この時、黒い喪服のようなドレスを着た女が、高藤に会釈して通りすぎた。高藤がママの耳もとに口を寄せ、「あの娘大丈夫なのか。店なんかに出てて」声を潜めて尋ねた。ちょうど音楽がとぎれていて、高藤とママの会話は小声でも軍平の耳に届いた。聞くともなく聞いていると、今の黒いドレスの女はアカリという名で、この店の常連客である国会議員の堂本龍三とは親密な関係にあるらしい。そしてその代議士の堂本といえば、軍平も新聞で知っているのだが、現在、某建設会社から賄賂を受けとった容疑をかけられ騒がれている時の人なのである。高速道路建設に関して一億近い金を受けとったとかで、確か今朝の新聞には逮捕も間近いと書かれていた。高藤が大丈夫かと聞いたのは、アカリと堂本との男女の関係に金銭的なものがまじっているとしたら、警察の捜査の手がアカリにまで伸びているかもしれないと心配したためだった。

「堂本先生をパトロンにしてるのは銀座界隈で二十人は下らないそうよ。アカリさんだけじゃないし、アカリさんだって汚ない金と知ってて受けとったわけじゃないだろうから……今夜にでもゆっくり話し合ってみようと思ってます。それより先生こそ大丈夫？　医師だっていろいろ汚ないことしてるんでしょ」

「いや俺は大丈夫。これはあくまで綺麗な金だ」

グラスを揺すって高藤が一気に綺麗な酒を飲み干したところへ、梢が戻ってきた。ママが梢をちらっと見上げた目が、軍平には心なしか暗く翳って見えたのだが、それよりも眼差を暗く閉ざしていたのは梢の方である。梢はぼんやりしたまま座り、「毬絵さんいた？」ママの質問には何も答えず、ふたたび軍平の肩に頭をよりかからせた。いや、もたれかかってきたのではない。薄闇の中でもはっきりと梢の顔が青白くなっているのがわかる。梢は意識を失い倒れかかってきたのだ。それをとめようとした軍平の手が梢の胸の首飾りをかすめた。瞬間、黒真珠の粒は、梢の胸から叫び声でも迸り出たかのように黒い光となって砕け散り、小さい音とともにテーブルや床に弾けた。

「毬絵さん、控室で……死んでます……」

赤い唇から息のような細い声が流れだした。

2

二時間が過ぎても軍平の耳にはまだ、その音が残っていた。黒真珠はテーブルや床に弾けてほんの短い間、ばらばらに音をたてただけだが、軍平の耳はその音を糸に繋げ、ひとつの美しい調べとして聞いている。黒真珠の燦きが奏でた曲は、梢という一人の娘の濃い化粧の裏に秘んだ美しい、本当の声だという気がした。

この二時間の間、店内にいた客の誰一人気づかなかったろうが、裏では大騒動が演じられていたのである。とはいっても毬絵、本名山田好子は死んだわけではなかった。左腕に二針の傷を負っただけである。毬絵を探しにいった梢は、控室の灯が落ちていることに気づき、廊下にあるスイッチを点けドアを開けてみた。そしてロッカーと化粧台にはさまれた床にうつぶせに倒れている毬絵を見つけたのだった。相当な出血量だったので梢は死んだと思ってしまったのだが、実際には毬絵はただ気を失っていただけである。

梢の報告ですぐにママと共に駆けつけた高藤が、応急手当をすると東銀座で医院を開いている友人に電話を入れ、軍平に必要な薬品や針、糸などをとりに行かせ、控室の隣のちょっとした応接間で治療を済ませた。救急車を呼ばなかったのは、ママが高藤に「警察には知らせたくないから」と頼んだためである。もっとも被害者の毬絵は、応接間のソファに寝かされ治療が終ると同時に、「警察を呼んですぐに犯人を見つけてくれ」と騒ぎだした。三十を過ぎているようである。厚化粧が顔だちを整って見せてはいるがどことなく品の悪さがある。髪にうっすらと銀粉を散らし、小太りの体に水色と紫の派手な縞の着物を着ている。銀の眩しい光を放つ腕時計を覗かせた左の袖は血に濡れていた。その血を拭いながらママがさんざ説得し、毬絵もやっと警察に連絡しないことだけは同意したが、「犯人だけは見つけてよ。謝らせて慰謝料とらなきゃ気が済まないわ」憎々しげにいった。ハスキーな男のような声が気の強さをむきだしにしていた。

「そうね、このまま放ってはおけないし」

ママも眉根に皺を寄せてそう呟き、結局一緒にかけつけた紅子だけを店に帰し、ママと毬絵、高藤と軍平、それに衝撃を青白い顔に残した梢と五人が、応接間に閉じこもったのだった。

興奮しているのか、毬絵が腕の傷も忘れたように烈しい口調で語ったところでは——

毬絵は今夜、店に着いてすぐ馴染みの客のテーブルに座ったのだがしばらくして忘れ物に気づき控室に取りに戻った。ロッカーを閉め化粧を直そうと鏡台にむかった時である。突然電灯が消えた。誰かが廊下のスイッチを切ったのである。その誰かは素早く扉をあけ室内にすべりこむようにして入ってきた。電気は消えても控室には窓があり、裏路地の赤いネオンがかすかに闇をうすめていたが、その赤く色どられた闇に毬絵が見てとれたのはそれがロングドレスを着た女だということだけだった。女の影が相当近づいたところで、毬絵はその手にきらめく刃に気づいたのだが、次の瞬間、影が襲いかかってきた。そして争っているうちに不意に左手に激痛をおぼえ、毬絵は気を失ったのだった。毬絵は八時は過ぎてたというだけで正確な時間は憶えていなかったが、ママが言うには毬絵が出てきたのは八時二十分だから、八時半ごろの出来事だと想像された。梢が発見したのがちょうど九時、毬絵はおよそ三十分も気を失っていたことになる。

「私ね、ちょっとの怪我でも失神するのよ。気を失うのは怪我だけじゃないけど」

毬絵が下卑た笑みを見せた。

「それにしても三十分間も誰も気づかなかったのかね」

「店に出たらできるだけ控室には戻らないでほしいっていってあるの。控室の電話を私用で使う子が多いのよ……でも困ったわねえ、ロングドレスの影というだけでは見当もつかないわ。今夜は和服の人は四五人であとみんなロングドレスだし、私だってその時刻にはもうこのドレスに着替えていたわ」

ママが煙草に火を点けながら言った。店内の薄闇では華やかに浮かびあがった顔も蛍光灯の下では少し窶れて見える。ママの話では今日の休みは六人、二十一人のホステスが出ているという。

「誰かに恨みを買ってる覚えは？」

高藤の質問に、毬絵はふて腐れたように唇をゆがめた。

「殺されるほどの恨みは買ってないわ」

「いや――」ドア脇の壁に、一人だけぽつんと離れて立っていた軍平が突然声をかけたので、皆いっせいにふり返った。軍平は少し顔を赤らめながら「襲った人物には最初から殺害の意図はなかったと思います。毬絵さんにナイフがきらめくのが見えたなら、襲った女性の方にも毬絵さんの左腕にはめている時計がきらめいて見えたはずです。最初からわざとその腕だけを狙ったと思えますが……」

高藤が肯いた。

「殺すつもりがなかったのなら、ごく単純な怨恨だろう。心当りは？」

毬絵は悪びれることもなく、四人の女の名を次々にあげた。

「四人とも私が客を横どりしたって怒ってるわ。横どりなんかするもんですか。お客さんの方で私を選んだのよ……それから」

わざとらしく声を切ると毬絵はママをちらりと流し見て、目に意味ありげな微笑を浮かべた。

「言いづらいわね、ちょっと……」

「言ったらいいでしょ」ママが苛だった指で煙草を揉み消すと、「この店の経営者で私のパトロンの羽島五郎を誘惑したって……だから私にも恨みを買ってるって、はっきり言ったらいいじゃないの」

「――これで言う必要はなくなったわ」

錐のように自分の目にさしこんでくるママの視線をはねのけるほど強く毬絵は見返した。ママが唇を震わせて何か言おうとするのを馬鹿にしたような目で無視すると、

「ああまだいたわ。アカリさん。ほら今騒がれてる堂本って議員。そのことで私がちょっと冗談言ったら、恐ろしい顔して……」

「一昨日の晩、お客さんの前で大喧嘩したのよ、二人」

ママが毬絵には向けられない怒りを高藤に向けて吐きだすように言った。

「でもあれだって私の責任じゃないわよ。あんなことで腹立てるなんて、よっぽど自分に弱味があるからだわ」

「毬絵さん、ともかくこんなことになったのはあんたにも悪い点があるのよ。これ以上問題起こすなら辞めてもらうしかないわね」

「羽島さんが決めることじゃないかしら」

「何言ってるのよ。たった一度寝たぐらいで――」

ママはまた新しい煙草に火を点けようとしたところだった。火を点けたままのライターが突然投げつけられた。ライターは壁にぶつかっただけだが、毬絵は血相を変えた。

「何するのよ！」

起きあがろうとするのを高藤が立ち上がって押しとどめた時である。

「……私もです」

静かな声が聞こえた。皆いっせいに声の主をふり返った。ママと毬絵の間で一瞬燃えあがった火のように烈しいものが、その声で鎮められた。皆いっせいに声の主をふり返った。ママの隣の椅子に座った梢は、呟いたのが自分だということも忘れたようにぼんやり目を伏せている。黒真珠のなくなった胸もとが、軍平の目には淋しそうに見えた。

「毬絵さんにはいろいろ言われて……だから私も恨んでます」

「梢ちゃんは大丈夫よ。あなたには刃物ふりまわすなんてまね出来るわけないわ。毬絵さん、あんたこの娘に何を言ったの」

「別に――」毬絵は横をむいた。

「こう言われました。純情ぶるんじゃないって、どうせ男にふられてこういう所へ来たんだろうって――」

「毬絵さん、あんた何てこと。この娘はね、弟の手術費稼ぐために……」

「でも本当なんです、毬絵さんの言ったこと。私、婚約寸前までいった男の人がいたんだけど、その人、弟の病気や手術費のこと話したら急に冷たくなって……弟の命のためにお金を稼ぐんだなんて、自分でも弁解だとわかってました。あの人に棄てられて、何だかどうでもいい気がしてきて、派手な化粧して、派手な生活したくなって……」

「そういう言い方が純情ぶってるのよ」

毬絵が鼻先で笑った。

「私いつ純情そうに見せたかしら」梢は静かに顔をあげ、毬絵を見つめた。「私、喫茶店で別れ話したとき、ずっとコップ握ってたわよ。あの人がこれ以上卑怯(ひきょう)なこと言ったら水を浴びせてやろうと思って……私だってナイフ握ったりできるわ」

声はあくまで静かだったが、一同それこそ水を浴びせられたように沈黙した。誰より驚いたのは毬絵だった。ママにも食ってかかっていく毬絵が、妙に気弱に目を外らし、

「そんなことより、一人一人ここへ呼んで調べてよ」

わざとのように荒っぽい声を挙げた。

毬絵が容疑者にあげたうちの一人を呼びに立ち上がった梢は、ドアを出る際、軍平の方を一瞬ふり返って、眉(まゆ)をしかめて笑ってみせた。その微笑で今、軍平にまで聞かせてしまった自分の本心を謝罪したようだった。だが謝る必要などなかった。毬絵にむけて梢が静かな声で切ってみせた啖呵(たんか)にも、軍平、黒真珠の調べを聞いたのだ。

毬絵が最初にあげた四人はすぐにシロとわかった。うち二人は八時半前後なら一緒に同じテーブルについていたというし、一人は和服であり、もう一人はずっとカウンターの客についていたからバーテンが証言してくれるはずだという。

次にそのバーテンが呼ばれた。

カウンターの隣にカーテンのさがった出入口があり、出てすぐが化粧室、化粧室の横に少し

奥まって店の裏手に通じるドアがあり、そのドアを入って最初の部屋が物置き、そして控室、応接間、事務室と続いている。八時半前後に、奥に出入りした者がいないかと聞かれ、宮廷の侍従といった顔だちのバーテンは、「今夜は自分一人で大変忙しかったから何も憶えておりませんが」言葉までいかめしく言いかけ、

「いや、あれは確か八時半ごろでしたか」

そうつけ加えた。その時刻、カウンターの端におかれた電話が鳴り、バーテンが取ると低い女の声が「新宿の大原病院ですが、そちらに志乃さんという名で勤めている方の息子さんが事故で運びこまれましたので、至急こちらへ来ていただくように——あ、そのまま切らずに待っててください」と告げた。ちょうどその志乃がカーテンから出てきたので、バーテンは受話器を渡した。相手はなかなか出ないらしく、志乃は苛だっていたが、そこへママがやって来て、事情を聞き、「じゃあ急いで病院へ行きなさい」志乃はママからタクシー代をもらいとびだしていったという。

「そうだったわ……それ確かに八時半ごろ」

ママが思いだしたように呟いた。

「カーテンから出てきたとき、志乃さんは慌てていて何か私に話そうとしたのですが、私の方も慌てて受話器を渡しましたので、……ええ確かに志乃さんは何か言いたげでございました」

バーテンは自分で自分の言葉に肯いた。

「志乃さんってのは?」高藤がママに聞いた。

「頰に黒子(ほくろ)のある和服美人……」

「ああ、あのちょっと色っぽい……君、その志乃さんに恨まれてない？」

聞かれて毬絵は、

「恨んでるのは私の方よ。私、いつかお客さんにシガレットケースもらったの。それをみんなに大袈裟(おおげさ)に話して。何でも大騒ぎしてかきまわすの好きだから、あの人……」

「志乃さんは犯人じゃないわね。今夜も和服だったから。でもその時刻に奥から出てきて何か言いたげだったというんだから、何か見てるかもしれない……後で電話してみる……」

ママはバーテンにも「絶対にこのことは誰にも言わないでほしい」と念を押して、引きとらせ、次にアカリを呼んだ。

アカリは、確かな不在証明をもってはいなかった。八時から九時までは六組の客を掛けもちしていて、五分おきにはテーブルを変わっていたという。

「でも、私、毬絵さんなんて相手にしていないから。一昨日喧嘩したのは事実だけど、後で、馬鹿な女を相手にしたって始まらないって反省しましたから」

アカリは黒いドレスの裾を翻(ひるがえ)すように立ちあがったが、その時それまで黙っていた毬絵が、

「アカリさん、あんたのそのスキャンダルの香水、黒いドレスには似合わないわね」

声をかけた。何げない声だったが、毒を含んでいることは軍平にもわかった。アカリはドアにかけた手をとめ、ゆっくりとふり返りこちらも何げない声で、

「ええ、でもスキャンダルは和服にはもっと似合わないわね」

答えると、切りかかってくる毬絵の視線の刃を自分も同じ刃で切り返して出ていった。国会議員をパトロンにしているだけあって顔だちは梢やママより一段と美しいが、どこか整形でもしたような人工的な冷たさがあった。

こうして二時間が過ぎたのだが、大して得ることはなかった。今夜出ているホステス全員に尋ねればもっと何かがわかるかもしれないのだが、ママが強く反対した。騒ぎが大きくなると困るし、みな忙しく動きまわっているから、正確な時間に誰がどこにいたか思い出せる者はないだろうというのである。ママはバッグを引き寄せ、中から一万円札を十枚ほどとりだし、横たわっている毬絵にさしだした。

「これ治療代。今夜の治療代は先生に払っておくけど、明日からも誰かに診てもらわないといけないでしょう?」

「これで泣き寝いりしろっていうの?」

「そうはいってないわ。でも口どめ料の意味はあるわね。誰にも言わないでほしいのよ」

金を毬絵の懐にねじこんだ。毬絵は返答のかわりに、黙って懐の札をさらに奥へと押しいれた。

沈黙が落ち、この時になって高藤はやっと壁に所在なさそうにもたれかかっている軍平に気づいたようである。軍平は、ホステスたちの表の顔にも馴染まないうちに、裏の顔をさんざ見せつけられ、少々うんざりしていた。

「軍平、済まなかったな。もういいからお前、梢ちゃんと店に戻って飲んでてくれ。俺はこの人の麻酔が切れるまでここに残っているから。ママ、治療代はいいから、何かいい酒出してやってくれよ」

「そうね」ママも思いだしたように営業用の笑顔になり「梢ちゃん、バーテンにナポレオン出してもらって。私のツケで……」

言いながら、隅の電話機に手をのばした。

「志乃さんに電話してみるわ。子供の容態も心配だし……まだ病院の方かもしれないけど」

梢も吻とした(ほっ)のだろう。軍平に微笑みかけながら立ちあがったが、その時ドアのガラスに影がさし、金銀の蝶を舞わせた中国服の女が入ってきた。

「ママ、志乃さんから今、電話が入ってさっき店にかかってきた電話は悪戯(いたずら)電話だったって。病院ではそんな患者心当りないというので家へ帰ったら子供ピンピンしてるらしいの。今から店に戻るのもなんだから、このまま帰ったことにしてくれって」

「そう悪戯だったの。なんだかおかしいとは思ったけど」

ママは受話器をもとに戻した。

「物騒な話だな」

「そうでもないのよ。他の店がよく厭がらせでかけてくるの」

「ママ……控室で何かあったの……」

中国服の女が、不審げな目で毬絵の腕の包帯を覗き見て聞いた。

「いいえ、毬絵さんがちょっと怪我しただけよ……どうして?」

「それが……私、八時、そうね八時三十分ごろ控室へ行ったの。そうしたら中がまっ暗で、人が揉み合ってるような音が聞こえて」

中国服の女は由加という名だったが、彼女が言うには、その時ドアには内側から錠がおりていて、声をかけたが中の闇は静まり返っている。おかしいなと思いながら、店に戻りちょうど一緒のテーブルだった志乃にこっそり伝えると、志乃は「私が見てくる」と言って立ちあがった。だがそのまま志乃は戻ってこなかった。何でもなかったのだろうと思ったがやはり気にかかって、九時少し前に由加は再び控室へ見にいってみた。だが、この時も室内はまっ暗でドアには錠がかかっていた。錠がかかっているのは気になったが、結局何でもなかったのだろうし、勤務中の控室の出入りは禁じられてるから、ママにも言わず今まで黙っていたのだという。

「でも今の電話で志乃さん、〝控室のことで何か騒いでるんじゃない？〟って聞くんです。志乃さんが控室へ見にいったとき、やっぱり控室は錠がおりて暗かったそうですけど血で濡れたナイフが通路に落ちていたって……ドアを叩いて声をかけたんだけどやっぱり中から返事がなくて、慌てて誰かに報らせようとしたら、逆にバーテンさんから坊やの自動車事故のこと聞かされて、吃驚して誰にも言わず、店とびだしちゃったって……」

「待ってくれ」高藤が聞いた。「君が控室で争うような音を聞いてから志乃さんが見に行くまでにどれぐらい時間があった？」

「十分ほどかしら」

「するとその間に犯人は控室をとびだし、逃げるときにナイフを落としたわけだな。君が九時少し前にまた見にいったときはそのナイフはなかったわけだろう」

「ええ――」

「すると、その前に犯人がまた戻ってきてナイフを片づけたわけだ。九時少し前にもやっぱりドアの錠はおりていたんだね」

「ええ、九時二三分前でした」

「梢ちゃんが九時ちょうどに来たときはドアは開いていたって言ったね」

梢は小さく肯いた。

「ママ、控室の錠はどうなってるね」

「普通の、内側からは開閉が自由だけれど外からは鍵がいるという……鍵はめったに使わないから隣の事務室に置きっぱなしにしてあるけれど……」

高藤に頼まれてママはその鍵をとりにいき、鍵束の中の一つをさしだした。

「血がついているな」

鍵ではなく、鍵をつなげた板のほうに、はっきりと血のしみが見てとれた。

ママが「他の人には黙っていてね」と由加を送りだしたあと、高藤が腕を組んだ。

「わからんな。今の由加の言葉が本当だとすると、犯人は由加が二度目に確かめに来てから梢ちゃんが見つけるまでの二三分の間に控室の錠を外から鍵で開けたことになるが」

「あのう……」軍平は声をかけた。「それよりもっと変なことがあります……控室の錠は外からは鍵を使って閉めるしかないんですね？　つまり自動施錠式ではないということですが……

よくホテルなどである中からノブのボタンを押して出れば自動的に錠が閉まる……」

「外からは鍵を使わなければ錠がおりないわ」

ママばかりでなく、皆の視線が集まっていることに気づき、軍平、眼鏡の下の目を丸くしながら言った。

「いいえ……あのう……犯人は毬絵さんを襲ったあとナイフを通路に落としていくほど慌てていたのに、なぜ錠だけはきちんとおろして逃げたんでしょうか」

3

軍平は梢とともに店内に戻り、二時間前と同じテーブルにさし対(むか)いで座った。深夜近くになり、客は半分ほどに減っていたが、それでも女たちはドレスの裾を翻しては蝶のように席から席へと飛び交っている。アカリが客にしなだれかかり華やかな笑い声をたてている。その笑顔は純白の化粧とともに先刻見せた刃のような鋭い視線を完全にのみこんでいる。

テーブルや床に散らばっていた真珠の玉はあの後、紅子が拾ってくれたのだろう。ピンクのハンカチに包んでおかれていた。梢がママに頼まれたブランデーを注いでくれた。軍平その高価な香りに緊張をおぼえながら、わずかになめた。頭の隅では事件のことが気にかかっている。なぜ犯人は、控室をとびだした後、外から錠をおろし、九時少し前に再び錠を開いたか。考えられるのは犯人が九時までは事件のことを誰にも知られたくなかったということだ……それで飛び出すときしっかりと錠をおろしていった。しかしその犯人がどうして血のついたナイフを通路に落としていったのか。わざと落としていったのだろうか？　いや、そんなはずはない。犯人はその後またナイフをとりに戻っているのだ。やはり慌てていて落としてしまったと考えたほうがいい。しかしその慌て方と錠をおろした冷静さとが軍平の頭にはどうもしっくり結びついてくれない……。

軍平には事件のほかにもうひとつ気懸りがある。目の前でぼんやり、ばらばらになった真珠の玉を見ている娘だった。

「女の人の厭な所見たでしょう？　でもああいう時はまだいいのよ。みんな客一人つかむために命がけで体張ってるんですもの。ちっとも汚ないことじゃないわ。毬絵さんだって悪い人じゃないの……そうね、毬絵さんの言う通りだわ。汚ないのは私のほう……弟のためだってごまかして、派手な衣裳まとって自分の顔や気持ごまかそうとしてる私のほう……」

呟くと、「いい？」軍平の煙草から一本をぬきとり火を点けた。そして細い息と共に煙を吐きだし、その煙が薄闇に広がり淡く消えていくのを眺めながら、

「自分の気持もこんな風に唇から吐きだせて消えてしまうといいわね」

ひとり言のように言い、その言葉に滲（にじ）んでしまった淋しさを打ち消すように、煙草をはさんだ手で頬づえをつき、顔に微笑を飾った。

「女を棄てたことある？」

「——ありますよ」そして、俺でも、と軍平はつけ加えた。

「どんな女」

「歯科医やってる高校の同級生。俺好きだったけど、ふったんです。ちょっとした誤解がもとで……男は好きでも振ることあるんです。野球でいいボールだとわかってても空振りするのと同じで……だから君を振った人だって、本当は今も君のこと……それにその人だけじゃないから男は。いい人見つけて結婚してください」

慰めるための言葉はしどろもどろになってしまった。微笑した頬を片手で受けて聞いていた梢は、ふと氷の入ったグラスをもう一方の手でとり、

「あなたがふった女の人のかわりにこの水ぶっかけていい？」と聞いた。

「——いいです」軍平、冗談か本気かわからぬまま肯いたが、次の瞬間、梢は本当にコップの水を浴びせてきた。だが軍平は顔色ひとつ変えなかった。梢は喫茶店で男にぶつけられなかったものを軍平にぶつけたのだ。この娘がそれで気が晴れるならいい、それで男のこと忘れられるならオレの顔ぐらい濡れたっていいじゃないか、どうせ一週間洗っていない顔だし……水が流れ落ちた眼鏡のレンズのむこうに、光の雫に揺れながら浮かんだ梢の顔は、微笑したままだった。微笑んだ肖像画のようだった。

「結婚してくれる？」

何気ない声が赤い唇からもれた。

「えっ？」

「いい人見つけて結婚して下さいって言ったでしょ？　いい人見つかったの」

それが自分のことだとわかるまでに軍平は数秒を要した。

「……俺たち……まだ今逢ったばかりでしょうが……」

「今じゃないわ。二時間前よ。彼とは二年間だったの。二年間経ってもわからない男もいるし、二時間でわかる人もいるわ。あなたがいい人だってことは最初の二分間でわかった……それとも私のこと嫌い？」

「――」

「好き？」

軍平、答えようがなかった。いい娘だから幸福になってほしいと思う。だが――

「好き……嫌い……好き」

梢はそう呟きながら真珠の玉を一つずつ空のグラスに落としていった。好き……嫌い……梢の声を吸い、真珠の粒は黒い光の雫となって指を離れ、ガラスの底に落ちて澄んだ音を響かせる。薄闇を透かしたガラスの膚は、ひと粒ごとに美しい光をぼおっとわきあがらせていく。店内にはクリスマスソングが流れ、風もないのにテーブルの上の白いカーネーションが花片を揺らしていた。

真珠玉での恋占いは、しかし二十四番目の嫌いという言葉で終ってしまった。

「諦めるわ……この真珠、彼から貰ったの。偽物よ。ガラス玉に色を塗っただけ」

そう呟くと、頬づえの指にはさんでいた煙草を灰皿に棄て、その手で、軍平の手に水の入ったコップを握らせた。そして軍平の手首をつかみ――あっという間に軍平の手は、梢の顔に水を浴びせていた。水滴が今度は梢の顔を流れ落ち、ドレスの胸もとを濡らした。目をふちどった黒い色がひと雫、頬へと筋をひいた。水のせいではなかった。梢は泣いているのだ。涙をごまかすために軍平に水を掛けさせたのだ。黒真珠に似たマスカラの涙を流しながら、だが相変わらず微笑して視線を軍平から離さずにいる。軍平、胸が痛んだ。今の恋占いは軍平の気持ではなく、二年が経ち去っていった男の気持を占ったのだろう。諦めると言ったが諦められず、忘れたいと思って忘れられずにいるのだ。二年間の男を想い描いてみると、長い髪、色白のハンサムな顔、スマートな背広姿――自分とはおよそ反対の男しか頭に浮かばなかった。

　軍平、何か言ってやりたいのだが、言葉を見つけることができず、ただ黙ってお絞りのタオルをぐいと突きだした。梢はそれを受けとると、小さなバッグから手鏡をとりだし、顔をぬぐった。水といっしょに化粧も――

　最後に口紅を拭い、鏡のふちから梢は少し恥ずかしそうに軍平を見上げた。化粧の華やぎは消えたかわりに、幼い線が化粧とは違う素直な美しさで素顔をふちどっている。厚化粧もドレスも首飾りも煙草も似合わず、平凡な小さな幸福の似合う顔である。塗料は剝がれたが、ガラス玉には偽りのない透明さがあった。

「ひどい顔でしょう?　でも店の中で素顔見せたの、あなたが初めて――軍平さんだったわね。あなたこそ、いい人見つけて早く幸福になって……」

　そう言って「すぐ戻ってくるわ」立ちあがった。軍平は自分の顔も濡れていることを思いだし、もう一つ残っていたタオルをとったが、拭い始めた手を不意にとめた。

濡れた顔、濡れたコート、そして梢の、胸もとを濡らした衣裳――

軍平ちょっと思いついたことがあったが、それが考えにまとまらないうちに、梢が戻ってきた。化粧室へでも行ってきたのだろう。梢は今度はわからないほど薄い化粧をしていた。

「そのほうがずっと綺麗です」

軍平のぎごちない言葉に、だが梢は何も答えなかった。表情を堅くし、蒼ざめていた。

「何かあったんですか」

「いいえ、別に……」

首をふったとき、高藤がやってきた。高藤は梢の隣に座り、梢がさしだしたブランデーを一口飲むと、

「軍平、悪いがもうしばらくつきあってくれ。毬絵が、店が終ってからママや俺たちに何か話があるというんだ」

4

軍平は高藤から、この店の真の経営者だという羽島五郎とママの関係を聞きだした。

羽島は東新観光という東京のその世界ではよく知られた会社の社長で、「青い微笑」の他に

も、赤坂に一軒、新宿に二軒、クラブをもっている。それぞれの店のママは羽島に雇われている形だが、この店のママとは特別深い関係にあるらしい。羽島には妻があるのだが、その方とはもう長いこと別居し、ママと四谷あたりのマンションで夫婦同然に暮しているという。

「だがどうも最近は上手くいってないようだな。さっきの毬絵のこともそうだが——国会議員の堂本ね、本当はママとも関係があるんじゃないかと思ってるんだよ。アカリがいつか、堂本先生なら本当は私じゃなくママがお目当てよと言ってたから。さっき俺が、アカリと堂本のことママに聞いたろう？ あれはママの反応を見たかったからだよ。ママはわざととぼけたろう？ 俺のカンだがまちがいなくママと堂本はできてるね。毬絵はそのことに気づいて堂本とママの関係を羽島に話したんじゃないかな。それでママがカッときて……」

「でもママがやったんじゃないわ……絶対に」

いつの間にか軍平の隣に座を移した梢が、呟くように細い声をかけた。小声だが、はっきりとそう確信している響きがあった。

「何か証拠でもあるの」

高藤の問いに、梢は答えともつかず首を振った。そこへ軍平の知らないホステスがやってきた。軍平、それを機に「ちょっと来てください」梢に耳うちし、高藤にはトイレにいくふりで席を立った。

化粧室につながるカーテンの左にカウンターが流れ、中でバーテンが、客に相槌をうちながら、グラスを磨いている。軍平はそのバーテンを手招きすると小声で八時半ごろ悪戯電話が掛ってきた時のことをもう一度尋ねてみた。

バーテンの答えでは、彼が電話の受話器をちょうどカーテンから出てきた志乃に渡し、志乃が「どうしたのよ、なかなかでないじゃないの」と言っているところへママがやってきて事情を聞き、慌てて追い出すように志乃を帰したのだという。

「電話の声が、〝そのまま切らずに待ってて下さい〟と言ってから、ママが来るまでにどれぐらい時間がありましたか」

「一二分でございましたか」

「ママは、どっちから来ました？」

「たしか入口の方から——」

「その時ママはドレスを着てましたか？」

「はい、和服をお召しだったのにいつの間に、と思いましたから」

不審げな目の色を上品な無表情に包み隠したバーテンに礼を言って、カーテンから奥に入った。不審そうなのは梢も同じだった。控室に誰もいないことを確かめ、軍平が梢を中に誘いこむと、

「なぜバーテンさんにママの服のことなんか尋ねたの」

梢は聞いた。

「ママが、毬絵さんの襲われたときにはもうドレスに着替えていたと言ったのを確かめたかったのです」

「なぜ?」

「毬絵さんは襲ってきた女がドレスを着ていたと言いましたね。僕はどうも毬絵さんが見間違えたんじゃないかと思うんです。その時犯人は着物を着ていた。そして着物に血痕が付着してしまったので、ドレスに着替えたのではと——」

「ママを疑ってるのね……でも……」

軍平はじっと見ていた窓辺の電話機から視線をロッカーに移した。

「ママのロッカーもこの中にあるんですか」

「ええ……」

梢はドアに一番近いロッカーを指さした。軍平が調べてみたが、細長いスチールの扉には錠がおりている。

「鍵はママがもってるんでしょうね。中の着物を調べれば、ママが犯人かどうかはっきりするんですが」

「いいわ、調べてみて。ママの着物に血痕などついてるはずないから」

そう言うと、梢は洗面台の下に置かれた植木鉢の中から鍵をとりだした。

「ママがここに隠してるの、前に見てしまったの」

軍平、その鍵でロッカーを開くと、乱雑に押しこまれている和服をとりだし両袖を調べてみた。そして左の袖にそれを見つけると梢の方にさしだした。淡いブルーの袖には少量だが、はっきりと血痕が付着している。「違う……」梢は信じられないというように首を振った。

その時、隣の応接室のドアが開く音が聞こえ、誰かの足音が通路を近づいてくる。軍平慌てて着物をロッカーに押しこみ、錠をおろし、鍵を植木鉢にもどした。足音は控室のドアの前でとまり、ノブがゆっくりと回転した。その瞬間、不意に柔らかいものがぶつかってきた、と思うと、梢の体は軍平の首にぶらさがるように抱きついていた——

ドアから入ってきたのは毬絵である。

「何してるのよ」

驚いた声に、梢はゆっくりと軍平から腕をほどき、毬絵に視線を結んで、

「純情じゃないことしてただけ……」

言うと、軍平の腕を引っ張って控室から出ようとした。

「あっちょっと、早く店閉めるようにママに言って……麻酔が切れて傷が痛みだしたし。それからあなたたちも残ってね。私、事件のことを知ってる人みんなに聞いてほしいことがあるの」

「あ、あのう」軍平、まだ梢の体がぶつかってきた衝撃からぬけだせず、上ずった声をだした。「あのう、あなたを襲った女はたしかにドレスを着ていたんですか」

「ええ——まちがいないわ」

そう答えると毬絵は出ていく二人を意味ありげな微笑で見送った。軍平、毬絵の断定した声を耳に響かせながら、ぼんやりと淋しそうにさえ見える梢と二人、店に戻った。なぜママの着物に血がついていたのかわからなかった。血痕のためにママが衣裳がえをしたという想像は的中したが、毬絵は犯人はドレスだったとはっきり断言したのだ……

だが、店に戻り、軍平はその謎を解く鍵を見つけることができたのだった。

軍平たちが席につくとすぐ、紅子がやってきて、「どうなったの、あれから」と聞いた。紅子は皆と一緒に控室にかけつけた一人だったが、場が落ちつくとママに「誰にも言わないように」と念を押され、店に戻り今まで客についていたのだった。

高藤からざっと事情を聞いて、

「八時半ごろなら、あれ犯人の足音だったのじゃないかしら……」

紅子はそう言った。その時刻、紅子はちょうど化粧室から出て、わずかに開いていた通路のドア越しに、誰かが控室らしいドアからとび出して、すぐに裏口へと走り去るのを聞いたのだった。よほど慌てていたのか裏口のドアも叩きつけるように閉める音が聞こえたという。

「大したことはないと思ったから、そのまま店に戻ったけど、確かにそんな音——」

「ちょっと待って下さい。犯人は控室をとびだすと同時に、裏口へ走り去ったんですか。控室からとびだした後、ほんの数秒でも立ちどまったりしませんでしたか」

「いいえ、すぐだったわ。なぜ?」

「いや」軍平、ごまかしたが、それだと納得がいかない。中国服の由加が控室で争う音を聞き、店に戻る。紅子がその後に化粧室から出て、控室からとび出し裏口へ逃げる足音を聞く。その後にまた今度は志乃がやってきて血のついたナイフを見つける。この時にはドアは再び錠がおろされている——つまり犯人は控室からとびだしたあと、たとえ数秒でも立ちどまりドアに鍵をかけなければならなかったはずではないか。

軍平の目は無意識に、梢が水の入ったグラスを握っている手を見守っていた。先刻その手で梢は軍平に水を浴びせたのだった。濡れた顔、濡れた外套、濡れたドレス……そこまで考えて、軍平、胸の中であっと叫んだ。

軍平には、やっと今夜、この「青い微笑」で何が起こったのかわかったのである。

5

午前一時をまわりホステスの大半も帰って、半分灯を落とした店内には今夜の出来事を知っている十二人が、毬絵を囲んでめいめい適当な席に座っていた。毬絵を恨んでいるという四人のホステスにアカリ、紅子、由加、ママ、バーテン、梢、高藤、軍平——先刻までの客たちの熱気が信じられないような冷気と静寂に染みた十二人の顔を、毬絵は得意げに見まわし、

「集まってもらったのは皆の前で犯人に白状させないと気が済まなかったからよ。これで全員揃ったわ。さ、アカリさん、白状して頂戴。私を襲ったのはあんただって……」

言葉と視線を突きつけられ、アカリは青ざめて唇を震わせ、「私じゃない……」とだけ呟いた。

「何言ってるのよ。暗闇で顔は隠せたかもしれないけど匂いはごまかせなかったわね。襲われた時、私はっきりあんたのスキャンダルの香水の匂い嗅いだのだから……」

毬絵はこの一言を言いたかったためにわざわざ皆を残したのだろう。毬絵が意味ありげに見せた微笑の裏に隠していたのはその一言だったのだ。

だが得意げな毬絵の声に答えたのは、意外にもママの笑い声だった。

「馬鹿ねえ、毬絵さん、あなたが嗅いだっていう香水は、自分の香水だったのよ。あなただってスキャンダルをつけてるじゃないの」

「でも――」

「襲ってきた相手が香水をつけてなかったのよ。それで自分の香水を犯人の匂いだと誤解したの――これでわかったでしょう？　犯人は香水をつけてなかったの。そしてあなたも知ってるとおり、この店で香水をつけていない女は一人しかいないわ」ママは獲物を狙うように静かな目を毬絵に注ぎ、こうつけ加えた。

「私よ――」

そしてビーズのバッグからナイフをとりだし毬絵の方へ投げた。ナイフは黒く血に染まっている。

「理由はわかってるわね――羽島があんたと浮気したから憎かったのよ」

「ママ――あんただったんだね……」

毬絵はやっとそれだけを言うと、怒りでぶるぶる震えだした手を胸もとにつっ込み、控室でママが押しこんだ札を、力いっぱい投げつけた。札はママの額をまともに打ち、ぱらぱらと床に散った。ママはわずかも動じず冷やかなほどの顔だった。全身を震わせている毬絵に比べて

二回りも三回りも大きい女がそこにいた。微笑すら浮かべて、

「謝らせなきゃ気が済まないって言ったわね。だったら謝ってあげる。ごめんなさい怪我をさせて――どうこれで気が済んだ?」

毬絵が何か喚こうとした時である。

「違うの、ママじゃないの」

軍平の隣に座っていた梢が声を挙げた。

「ママ、ごめんなさい。私さっき化粧室でママがアカリさんに〝罪は私がかぶってあげるからあなたは何も知らなかったことにすればいい〟と言ったの、立ち聞きしてしまったんです。……だからママは濡れ衣、着てるだけなのよ」

軍平は、化粧を直しにいってから梢の様子がおかしかったこと、ママが絶対に犯人ではないと確信していたらしいことを思いだした。

「梢ちゃん、何言うのよ」

ママが叫び声を挙げ、毬絵はママとアカリの顔に視線を揺らした。

「いったいどうなってるのよ!」

「梢ちゃんが嘘を言っただけだわ」ママはそれまで保っていた能面のような冷静さを崩し、乱れた声で早口に言った。「毬絵さん、あなたを襲ったのは私よ。私、濡れ衣なんか着てないわ」

「そうです」

今度は軍平が声を挙げた。

「ママは濡れ衣を着てるわけじゃありません。毬絵さんを襲ったのは確かにママです――今度の事件で濡れ衣を着ているのは、毬絵さん、あなたですよ」

軍平の言葉がわからなかったのか、毬絵だけでなく皆がいっせいに軍平をふり返った。一同の視線を針のように感じながら、軍平それでもこう続けた。

「冤罪という言葉があります。人に罪を着せるという――逆に人に害を着せる冤害という言葉があるのなら、今度の事件がそれでした。毬絵さん、あなたは本当の被害者のために被害者に仕立てられたわけです。被害の濡れ衣を着せられたのです」

そして軍平は、目を毬絵からママに移し、

「そのドレスの左袖をはずして、左腕を見せてもらえますか」

と聞いた。

ママの顔色が、瞬間、蒼くさめた。

6

「どうなってんだ。俺にはさっぱりわからん」

十五分後、家に戻るためにタクシーに乗りこむと高藤は早速に聞いてきた。軍平がママに左腕を見せてほしいと言うと、ママは観念したらしかった。後は自分とアカリと毬絵の三人だけで話し合うから皆帰ってほしいと言ったのである。意外な成りゆきに驚いて毬絵もその申し出に文句を言わなかった。軍平を送り出すとき、ママは自分の左腕をドレスの上から触れ、痛いという表情を見せた。軍平にだけその表情で答えてみせたのだった。表情には店の名の通りの、青い微笑が混ざっていた。軍平、その微笑に東京の夜の世界で長年を生きてきた女の誇りのようなものを感じて、黙って頭を下げ、店を出た。

タクシーに乗り、軍平は高藤と梢にはさまれた恰好になった。梢が帰宅方向が同じだというので高藤が乗せたのである。

「難しいことじゃありません。八時半ごろ、犯人が外から錠をおろさずに裏口へ逃げ去ったのを紅子さんが聞いてます。しかしその後志乃さんが行ったときには控室のドアは錠がおりていた——最初、裏口から逃げた犯人が志乃さんが来るまでにまた戻ってきて錠をおろしたのかとも考えてみました。でもそれならその時に自分が落としたナイフに気づいて持ち去ったはずです。だから答えは一つしかなかったんです。犯人が逃げ去ってから志乃さんが来るまでの間に、被害者が控室の中から錠をおろしたのです。もちろんそれは、ナイフを刺され気を失ってしまった毬絵さんではありませんでした。八時半に控室で襲われたのはママで、襲ったのはアカリさんです。たぶん収賄容疑を受けている国会議員をめぐっての感情のもつれからでしょう」

本当の被害者がママであった証拠はもうひとつあった。血に濡れた着物である。もしその血が、ママが毬絵を襲ったときに付いたものなら、ママは右利きだから、右の袖についていなければならない。しかし血は着物の左袖に残ってたのだ。それはママ自身が左腕に負わされた傷の血だったのである。

アカリはママを殺害するほどの気持だったかもしれない。だが揉みあって、ママの左腕をナイフが掠めるか突くかしたところへ、由加が来てドアの外から声をかけたのである。由加が去ると、アカリは逃げだし、慌てていたためにナイフを落とした。ママは内側から錠をおろし、簡単に傷の手当をし、急いでドレスに着替えた。ところがそこへ今度は志乃がやってきた。志乃は「血のついたナイフが落ちてるけどどうしたのよ」騒ぎながら錠のおりたドアを叩いたりしたのだろう。ママは控室の電話機にとびつくと、店内に電話をかけ、志乃の子供が事故にあったと嘘を告げた。そうすれば志乃が事件を報告に店へ戻ったところをバーテンが呼びとめ、志乃の関心を他へむけられるだろう。咄嗟(とっさ)の考えは、上手く運んだ。通路に落ちていたナイフを急いで隠し、裏口から店に戻ると、恰度(ちょうど)志乃がバーテンから受話器を受けとっているところだった。ママはその志乃を急いで店から追いだした——

「ママは事件を誰にも知られたくなかったわけだな」

「ええ——知られたくなかった理由は僕などより先輩の方が確かな推理ができると思いますが」

「そうだな。ママはもう大分前から、羽島と別れ、羽島には内緒で国会議員の堂本を新しいパトロンにしようとしていた。ところが堂本が逮捕され、ママは堂本を諦めて、羽島とのもとの関係に再びすがらなければならなくなった。ところが羽島の方の気持は、毬絵と浮気したりして、ママから離れようとしている。そこへ、アカリとの事件がばれたりしたら、自分と堂本の関係が羽島に知られてしまう。それを恐れたというところかな」

「それと──アカリさんが自分を襲った事件で、自分と堂本の本当の関係がばれたら、警察に呼び出だされたりして大変なことになる、それを恐れる気持もあったと思います」

ママは堂本と自分の関係を隠すために、何としても自分がアカリに襲われたことを隠し通さなければならなかった。志乃を追い返し、騒ぎになるのを一時的におさえることはできたが、何でも大袈裟にするという志乃は、家に戻り偽電話に気づいたらきっとこう騒ぎだすに違いない。「血のついたナイフが落ちていたのよ。すごい血──由加さんが争う音を聞いてるわ。控室で誰かが誰かを刺したのよ」そうすれば、被害者が何故名乗りでないか皆不審に思い、犯人よりまず被害者を探そうとするだろう。そしてその時刻にドレスに着替えた自分がまず疑われるのではないか──困り果てたママは、その夜遅れて店に出てきた毬絵が偶然、控室に入っていくのを見て一つの計画を思いついた。計画というより賭けであった。そうすれば、由加が聞いた争いの音と、志乃が見たナイフの血、控室で起こった事件の重要な証言と証拠をごまかすことができる。それに毬絵は時間の観念がないし、誰からも恨まれている──

ママは毬絵が襲われる事件を起こすことで、自分が襲われた事件をもみ消そうとしたのだった。八時半の事件の被害者を毬絵にすり替え、毬絵に被害をなすりつけようとした。

そしてママはアカリがしたのと同じ方法で、毬絵を襲ったのだった。

それは八時四十五分頃のことだったろう。思いどおり、毬絵は気を失ってくれた。ママは血を自分のドレスにつけないよう用心してナイフをぬきとると、バッグに隠し、この時は外から錠をおろし、九時直前になってまた錠をあけ、事件を発見させたのだった。実際には十五分近く失神していただけだが、時間の観念のない毬絵は後でママに自分が八時半ごろ控室に入ったと聞かされそのままを鵜のみにしてしまった。

こうしてママは、八時半に由加に聞かれ、志乃に目撃されてしまった事件を、誰かが毬絵を襲った事件にすり替えたのである。

「ママはアカリの被害者になるより、毬絵の犯人になる方を選んだというわけか」

「はい。ママは襲われたとき、やはり香水の匂いですぐにアカリさんだと気づいたのでしょうね。後で、正気に戻ったアカリさんを説得し、自分が犯人と名乗るからといってアカリさんには沈黙を守らせたのです。アカリさんの被害者として堂本との関係がばれるより、毬絵さんを刺した犯人になっておく方が、まだ羽島への弁解がたつと思ったのでしょう。本当の被害者であることを隠すために、あえて自分が犯人であることを強調したのです――自分が犯人の濡れ衣を着たのではありません。あくまで被害者に濡れ衣を着せようとしたのです」

軍平は、高藤のコートを見た。表ではなく裏の濡れていた外套を――

「毬絵さんも可哀相だけど、ママはもっと可哀相だわ」

黙っていた梢が呟いた。ママが今夜、最近しびれるのとごまかして左腕を使わなかったのは、その腕の傷のせいだろう。ドレスの袖の下で、何気ない笑顔の下で、その痛みに必死に耐えていたのである。それほどまでにパトロンを失うまいとした一人の女のことを思うと、軍平は、同情の混ざった尊敬すら感じた。

「何か事件があったんですか」

運転手の質問に「いや今度つくるテレビドラマの話だよ」高藤がテレビ局の人間を装ってごまかしたとき、

「ここで停めて下さい」

梢が声をかけた。渋谷に近づいた街角だった。

「弟さん、大事にね」

高藤の言葉に礼を言い、梢は降りる間際に軍平への挨拶のかわりに、

「私の苗字、中村——」

早口に囁いた。そして走り出した車の窓のむこうで大きく手をふった。

「いい娘じゃないか。交際したらどうだ。むこうも気がありそうだぞ」

「いや」軍平は首をふった。今夜梢が本当に水を浴びせたかったのは軍平ではなかった。軍平は一人の男の身がわりに水を浴びせられたのである。ちょうど毬絵が身がわりに襲われたように——今夜一晩、軍平は、その清楚で純情で薄い化粧の似合う娘のために、一人の男の濡れた衣裳をまとっただけであった。

「まだ振っている」

高藤の言葉に、背後の窓をふり返ると、もう遠ざかってしまった路上に、深夜の小さな影となって、それでも梢は大きく手を振っていた。軍平を見送るのではなく、二年間の一人の男を見送り、最後の別れを告げるように——

その夜、軍平が蒲団にもぐりこもうとセーターを脱ぐと、畳に落ちたものがある。すりきれた畳を転がったのは、黒真珠の一粒だった。首飾りが切れたとき、梢は軍平によりかかっていたので、一粒がセーターの裏にまぎれこんだのだろう。薄暗い店内では気づかなかったが、黒はかすかに青味を帯びている。長い間裸電球に翳していると、模造の色の奥にガラス玉の偽りのない光が見えてきた。二十五番目のその小さな光はもちろん「好き」という言葉だった。

あとがき

　生まれて初めて物語らしきものを書いたのは学生時代、もう十数年も前のことです。一人の少年が、鸚鵡(おうむ)を飼っている少女に恋をするという童話でした。

　少年は気持を口にだせず、鸚鵡に伝えさせようと、好きだという言葉を必死に覚えこませます。鸚鵡はやっと覚えてくれたものの、その言葉を自分に返すばかりで一向に少女に伝えてくれる気配はありません。一方、少女の方でも同じ気持を鸚鵡の声に託していたのですが、自分の言葉を返すだけの鳥に少年と同じ落胆を味わっています。二人はそれぞれ、鸚鵡の声が相手の声とわからず、自分だけの言葉と諦(あきら)め、結局別れてしまう――という他愛のない話でした。

　鸚鵡を扱った童話は他にも多いし、どこかで聞いたような話でもあったので、破り棄ててしまいましたが、今から思うとあの幻の童話は、やはり自分のスタートラインだったような気がします。処女作には作家の全部があるといった大袈裟(おおげさ)なものではもちろんありませんが、十数年経(た)って今もあの幻のスタートラインにとどまっているなと思います。

　この短篇集は連作探偵譚ですが、田沢軍平と五人の女性とのゆきずりの恋にもやはり、十数年前のあの、必死に自分の役目を果たしながら二人を結びつけるのに失敗した一羽の鸚鵡が（姿こそ見せませんが）登場しています。

名探偵は作者の分身だと言われます。

田沢軍平も、実は僕という一人称です。

当然ながら迷探偵であり、エリート派ではなく落ちこぼれ派です。

もっともそれは、夢まで含めての自分であって、欲望とか野心とか体だけでなく精神的にも栄養過多になっている現代人の中で、胃弱な低カロリー体質のために自分の恋心さえ受けつけないという一人の若者像の大半は、僕の一人称の夢にすぎません。

夢まで含めて自分だというのは、修整写真や整形した顔を自分と言うのと同じで恥ずかしくはありますが、僕の場合、小説はいつもそんな修整写真のアルバムのようなものです。

どこまでが現実の一人称でどこまでが整形かはあえて書かずにおきます。ただ軍平が作家なら「こんな夢の譫言（うわごと）に読者をつき合わせるのは悪いな」と思うでしょうし、その恥ずかしさは何分の一か、単行本化にあたっての今の僕の、本心でもあります。

この一冊に託した僕の夢の言葉は、十数年前の鸚鵡のように、結局読者には上手（うま）く伝わらないかもしれませんが、ほんの何人かにでも声が届いて、その人たちがちょっとでも気持を和（なご）めてくれたらいいな、と願っています。

この連作を産みだすには三年前、当時の担当編集者だった名取昭氏の大きな協力がありました。その後を継いでくれた明円一郎氏、そしてまたこの本を出して下さる和田宏氏、文藝春秋の三氏にお礼を申しあげます。

そしてもう一人――

この連作中の一話に出てくる電話トリックは、山村美紗さんが既に長篇のトリックの一つに使っておられたものです。あくまで偶然ですし、既に御当人にはお詫(わ)びしてありますが、ミステリの世界では重要なことです。改めてこの場でお詫びと謝意を表させていただきます。

解説

岡崎琢磨

二〇一四年二月、当時福岡で作家活動をしていた私は、打ち合わせを兼ねて上京した際にお会いした東京創元社の同い年の編集者から、一冊の文庫本を渡された。

「これ、岡崎さんに読んでほしいんです」

私は福岡に帰る飛行機の機内でその本を読み始め、翌日実家の居間で最後のページを繰った。そして、ひどく後悔した——ああ、この本は人のいる場所で読むものではなかったと。ひとりきりで自室にこもるなど、気兼ねなく落涙できる環境で読むべきだったのだ、と。

その本こそが、短編集『恋文』（新潮文庫、のち『恋文・私の叔父さん』に改題）——私と連城三紀彦との出会いであった。

わずか半年ほど前に文壇を揺るがした「巨星墜つ」の報せはむろん耳にしていた。けれどもミステリ作家としては恥ずべき読書経験の貧しさのせいで、私は連城氏がこの世を去るまでその作品に触れたことがなかったのだ。

『恋文』に衝撃を受けた私は、それから連城作品を読みあさるようになる。連城の代名詞とも言うべき大傑作『戻り川心中』（光文社文庫）は言うに及ばず、折しも復刊された『私という名の変奏曲』（文春文庫）や『夜よ鼠たちのために』（宝島社文庫）などを手に取り、その精緻きわまる構成とむせかえるほど濃厚な美文にいたく感銘を受けたが、いまでも私は生涯のベスト短編集に『恋文』を、ベスト短編に「私の叔父さん」を挙げ続けている。

『恋文』の美点は恋愛小説とミステリ的展開の寸分の狂いもない融合にあった。日常にありふれた小道具に秘められた登場人物の思いが明かされるとき、同時に恋愛小説としての頂点を迎える。一九八四年に第九十一回直木賞を同短編集で受賞した連城は以後、恋愛小説に活動の比重を置いたと言われるが、『戻り川心中』などの初期作品から、連城がミステリの機構を用いて恋愛を描くことに情熱を注いできたことは明らかである――そしてこのたび、またひとつ恋愛とミステリを巧みに融合させた連城作品が、およそ三十年ぶりに復刊される運びとなった。

『運命の八分休符』は、八三年に文藝春秋より刊行された連城三紀彦の第四短編集である。新保博久（しんぽひろひさ）氏が『密やかな喪服』（講談社文庫）に寄せた解説によれば、本作は「消えた新幹線」が原型となっている。「消えた新幹線」の〈幻影城〉初出時には、探偵役の名前が郡司一平であったことからも窺える（単行本収録時には葉島艦一に改められている）。容姿の優れない男が美女とともに事件に巻き込まれるという構図は、本作に引き継がれている。

田沢軍平は都内に住む二十五歳の青年、大学を出て定職にもつかずぶらぶらしている（その自傷的な生活は彼の昏い過去に起因しているらしい）。髪が薄く、眼鏡にどんぐり目、中肉中背だが空手をやっていたので腕っぷしだけは強い。要するに見た目はてんでさえないのだが、ひとたび事件が起きるとその推理力を生かして解決に導く名探偵（作者のあとがきによれば、迷探偵）だ。本作はその軍平クンが、五人の美女と五つの事件に出会うさまを描いた連作短編集である。

短編の名手というイメージの強い連城だが、実は連作短編集の作例は驚くほど少ない。わけても同一キャラクターを探偵役に据えたシリーズ短編は、本作を除けば『夕萩心中』（光文社文庫）所収の「陽だまり課事件簿」しかない。つまり連城は生涯でいわゆる名探偵の活躍譚を一・五冊分しか書かなかったことになり、本作が連城作品の中でいかに特殊な位置づけとなっているかがわかる。

特筆すべきは各話の副題にヒロインの名前が添えられている点だ。五者五様のヒロインたちの名前は、正しい読みは違えどみな「しょうこ」と読める。話ごとにヒロインが入れ替わる構造は、『男はつらいよ』シリーズを彷彿とさせる。寅さんは旅先でマドンナと出会い恋に落ち、そして……というのがお定まりだが、軍平クンも可笑しくも悲しいほどに寅さんと似た恋路を歩んでしまう。

それにしても軍平クン、見た目はさえないのに、いやにモテるではないか。もっとも本作を読めば、彼が女性に好かれることはさほど意外に思わないだろう。底抜けに優しく、惚れっぽいが誘惑を押し返す誠実さがあり、時には相手の女性を殴ってしまうほど真剣に怒る（現代の価値観に照らすとこの点だけは許容しがたいが、少なくとも彼がそれほどまでに感情をたぎらせた理由については誰しも納得がいくはずだ）。自分のまわりにも、軍平クンのような男性がいたらいいのに——そんな風にため息をつく読者も、きっとたくさんいるに違いない。

さて、ここからは各話について見ていこう。

運命の八分休符〈装子〉

軍平はひょんなことからトップモデルの波木装子のボディーガード（というより無聊を慰める友人役）を務めることになる。あるとき装子のライバルの白都サリが東京のマンションで絞殺体となって発見され、装子は容疑者になってしまう。もうひとりの有力な容疑者、人気デザイナーの井縫レイジには犯行時刻、ファッションショー出演のために大阪にいたという鉄壁のアリバイがあった。装子の無実を証明するため、軍平は奔走する。

何と言っても、飛行機からヘリコプターに乗り換える時間が必要となるためにアリバイが成立するという、《二分間のアリバイ》がおもしろい。松本清張『点と線』の《空白の四分間》を連想した読者も少なくないだろうが、本作もまた、かの名作に勝るとも劣らない大胆なアリバイ崩しを堪能できる。そのために配置されたトリックや人物なども実に細やかで、読み込むほどに神経を隅々まで行き届かせた作者の手技にうならされる。

ラストシーンの美しさは、一読忘れがたい余韻を残す。連城はエッセイで活字より映画を好むことを告白しているが、このラストはまさしく映画愛のなせる業だろう。

邪悪な羊〈祥子〉

軍平は高校時代の級友であり歯科医の宮川祥子から、患者の曲木レイという女児が誘拐されたことを聞く。しかしレイの家には金がなく、犯人はレイの父親が勤めるスーパーの社長の娘、剛原美代子を誘拐しようと目論んでいたものの、祥子の粗相がもとで誤ってレイを誘拐してしまったことを白状した。犯人はレイの親に三千万円の身代金を要求、責任を感じた祥子とともに曲木宅を訪れた軍平は、誘拐事件に深く関わっていくことになる。

誘拐は連城が繰り返し扱った犯罪である。長編『造花の蜜』（ハルキ文庫）、短編「過去からの声」（『夜よ鼠たちのために』所収）などのほか、生涯最後の短編となった「小さな異邦人」（文春文庫、同題短編集所収）でも異色な誘拐事件を描いている。

ところで北村薫（きたむらかおる）氏は『書かずにはいられない―北村薫のエッセイ―』（新潮社）の中で、「ミステリー通になるための100冊（日本編）」に『運命の八分休符』を選び、「邪悪な羊」について「こういうことを、とっくにやっているんだ、連城三紀彦は凄いっ、という感動がありま す」と記している。

なるほど「邪悪な羊」のみならず、連城の書く誘拐はどれも単純な誘拐事件に終始しない。「邪悪な羊」でも、その真相の意外性に多くの読者が目を瞠（みは）るはずだ。

そして祥子との悲恋ぶりは、作中でも随一だ。その過去はさすがに残酷すぎやしないか……とも言いたくなるが、軍平クンの最後の決断を果たして読者は支持するか否か。

観客はただ一人〈宵子〉

軍平は野良猫のように家に紛れ込んできた女優志望の宵子（芸名）に連れられ、大女優青井蘭子の舞台を観に行く。蘭子の半生を振り返るひとり芝居に軍平は感激するが、そのラスト、影のように出てきた人物に小道具の拳銃で撃たれ、蘭子は舞台上で絶命する。蘭子を慕う宵子とともに、軍平は事件の解明に乗り出すのだった。

衆人環視の舞台で女優を死に至らしめるというハウダニットは非常に魅力的で、二転三転する真相もスリリングだ。秀逸なのは動機で、こうでなければ宵子が花束を持たされていたことの説明がつかないといった細かい点についても、作者は針の穴に糸を通すような絶妙さで処理しつつ見事に完成させている。

宵子に関して印象的なのは、やはり電話のシーンだろう。《おいおい軍平クン》と思わずツッコミを入れながらも、じんと胸を打たれること請け合いだ。

紙の鳥は青ざめて〈晶子〉

軍平は散歩中に偶然、織原晶子が手首を切っているところを救助する。晶子は、自身の妹とともに蒸発した夫の帰りを、家で待ち続けているのだと言う。翌日、晶子は群馬県白根山中で発見された男女の遺体を確認しに行くのでついてきてほしい、と出会ったばかりの軍平に告げる。一組の男女の失踪には、驚愕すべき事情が隠されていた。

創元推理文庫より刊行された『六花の印　連城三紀彦傑作集1』には、本書からこの「紙の鳥は青ざめて」が採られた。舞台は東京から白根山、金沢、そして（軍平は行かないものの）新潟と目まぐるしく移り変わり、短編ながら一冊のトラベルミステリを読み終えたかのような重量感を味わえる。タイトルから連想される寓話が鍵となって事件の様相が反転するさまは初期の傑作短編をも彷彿させ、まさに著者の本領が発揮された作品と言って差し支えないだろう。

晶子は三十一歳で、集中もっとも年長のヒロインだ。一見おしとやかに見える彼女の、あらゆる意味で歳上らしい振る舞いに、軍平はたびたび翻弄される羽目になる。

濡れた衣裳〈梢子〉

先輩に連れられてクラブを訪れた軍平は、そこで純情そうなホステスの梢子と出会う。やがて控室でホステスの毬絵が腕にケガを負った状態で見つかり、暗闇で襲われたという彼女の証言をもとに犯人探しが始まる。鍵のかかった控室、廊下に落ちていたというナイフ、悪戯電話などさまざまな謎が浮上する中、ある人物が自供を始める。しかし、軍平はその裏側にある企みを看破するのだった。

事件の始まりから終わりまでが一夜のクラブの中だけで完結する、いわゆるワンシチュエーションものである。作中で長い時間をかけて登場人物の情念を醸成し腐敗させていく構成を得意とする作者にとっては、めずらしい作例だ。その縛りゆえに事件は決して大がかりなものではないが、真相のインパクトは他の作品に引けをとらない。

作中では出会いからの数時間しか描かれないが、それでも軍平と梢子の過ごした時間は濃密だ。事件解決のキーワードが彼女との関係をも言い表す演出が憎く、また一冊を締めくくる掉尾の一文は何とも美しくて切ない。

以上、事件もヒロインもバラエティに富んだ五編だが、連城は本作が連作短編であることを意識し、パターンを踏襲して書いたことが読み取れる。たとえば、軍平が事件の真相に気づくきっかけは、決まってヒロインとの関わりの中でもたらされる。ヒロインが謎を解くための重要な役目を果たしているのだ。

事件の真相にも共通性を見出せる。一言で言うなら、《逆転》だ。そもそもミステリは逆転の文学ではあるが、本作を読んだ方にはこの言葉の意味がおわかりであろう。連城の仕掛ける《逆転》は、並大抵のものではない。

連城作品の中ではライトな作風でありながら、惜しみないアイデアを注ぎ込んだ成果としての本作を読めば、この路線でも連城が成功を収めたであろうことは想像に難くない。本作を読み終えたとき、連作に明確なエンディングが用意されていたわけではないことに読者は気づくはずだ。ひょっとすると、続編の構想もあったのでは……と想像するのは穿(うが)ちすぎだろうか。しかし、いずれにしても、軍平クンのその後の人生が読める日は永久に来ない。

それでも、本作の復刊が特に若い読者を含む幅広い層に歓迎され、新たな連城ファンを獲得することを私は確信している。軍平クンの報われない恋物語も、探偵にみずからを投影したという作者の「夢」も、初刊から四十年近い時代を経てなお眩い光を放ち続ける。

書誌情報

運命の八分休符　オール讀物（文藝春秋）一九八〇年一月号
邪悪な羊　オール讀物（文藝春秋）一九八一年三月号
観客はただ一人　オール讀物（文藝春秋）一九八二年四月号
紙の鳥は青ざめて　小説推理（双葉社）一九八二年十二月号
濡れた衣裳　オール讀物（文藝春秋）一九八三年二月号

単行本　文藝春秋一九八三年三月
文庫本　文春文庫（文藝春秋）一九八六年五月

著者紹介 1948年愛知県生まれ。早稲田大学卒。78年「変調二人羽織」で第3回幻影城新人賞を受賞、79年に初の著書『暗色コメディ』を刊行する。81年「戻り川心中」が第34回日本推理作家協会賞を、84年『恋文』が第91回直木賞を受賞。2013年没。

検印
廃止

運命の八分休符

2020年5月29日 初版

著者 連城三紀彦（れんじょうみきひこ）

発行所 （株）東京創元社
代表者 渋谷健太郎

162-0814/東京都新宿区新小川町1-5
電話 03・3268・8231-営業部
03・3268・8204-編集部
URL http://www.tsogen.co.jp
DTP キャップス
旭印刷・本間製本

乱丁・落丁本は、ご面倒ですが小社までご送付ください。送料小社負担にてお取替えいたします。

ISBN978-4-488-49813-9 C0193